Der Mann in Schwarz

Stanley John Weyman

Writat

Diese Ausgabe erschien im Jahr 2023

ISBN: 9789359254890

Herausgegeben von
Writat
E-Mail: info@writat.com

Inhalt

KAPITEL I.

Die Messe um Fécamp .

„ Ich bin Jehan de Bault , Seigneur von – ich weiß nicht wo, und Herr von siebzehn Lordschaften in der Grafschaft – ich habe den Namen vergessen, aus einer äußerst edlen und mächtigen Familie, die die Hohe Gerechtigkeit, die Mitte und … besitzt.“ der Niedrige. In meinen Adern fließt das Blut von Roland, und zu meinen Vorfahren gehörten drei Marschälle von Frankreich. Ich stehe hier, der ----“

Fécamp fand die berühmte herbstliche Pferdemesse statt – Fécamp an der Küste der Normandie, die Stadt zwischen den Klippen, die Boisrosé im Jahr 1993 für den Großen König eroberte Eine im Krieg beispiellose Kühnheit. Dies allerdings nur nebenbei; und dass eine würdige Tat nicht sterben darf. Denn zum Zeitpunkt dieser Messe, von der wir schreiben, dem letzten Tag im Oktober 1637, hatte der stämmige Kapitän Boisrosé , den Sully zu seinem kühnen Generalleutnant der Ordonnanz ernannte, schon lange aufgehört, ihn aus der Fassung zu bringen; der Großkönig hatte zwanzig Jahre oder länger in seinem Grab gelegen; und obwohl Sully, Herzog und Peer und Marschall, noch lebte, ein alter, formeller Mann, in seinem Schloss von Villebon bei Chartres, sah ganz Frankreich, geduckt unter der eisernen Hand des Kardinals, anders aus.

Der Große knurrte und biss in den Saum der roten Soutane. Aber dass der Mittlere und Jacques Bonhomme, der Kaufmann und Händler, unter seiner Herrschaft aufblühten, dafür war Fécamp an diesem Tag der beste Beweis, den man sich kaum wünschen konnte. Selbst alte Bürger, die sich an Karl den Neunten und die ersten Glasfenster erinnerten, die man in Fécamp außerhalb der Abtei sah, konnten nicht sagen, wann der Preis für Pferde höher oder die Stadt voller war . Den ganzen Tag und fast die ganze Nacht erfüllten die engen Gassen das Klappern von Hufen und das Geplapper von Schnäppchen; während die Schreie der Krämer und die Flüche der Trunkenbolde mit allen lärmenden Geräuschen zum Himmel aufstiegen wie der Rauch aus einem Ofen. Der *Chariot d'Or* und die *Heilige Feige* , Treffpunkte derer, die zum Einkaufen kamen, waren voller Gäste, mit Adligen der Provinz und fröhlichen Funken aus Rouen, Armeeunternehmern vom Rhein und Händlern aus dem Süden. Was die *Dame Belle* und den *Grünen Mann* betrifft, so hatten die Häuser weiter unten an der Straße Lebensmittel und Futter für diejenigen, die zum Verkauf kamen. Sie streuten ihre Höfe einen Fuß hoch mit Stroh und sagten zu allen gleichermaßen: „Voilà, Monsieur!“ Ich habe den vollen Preis für ein Bett berechnet.

Außerhalb der Straßen war es dasselbe. Scharen von Pferden und Ponys sowie eine Armee von Stallknechten und Gesängen , Schleppern und Taschendieben lagerten auf jedem Stück ebenem Boden, während es an den steileren Hängen und Berghängen von malerischeren, wenn auch weniger nützlichen Truppen wimmelte. Denn dies waren die Plätze der Stelzenläufer und Funambulisten, der Morris- Tänzer und Steckenpferde: mit einem Wort, einer unzähligen Schar von Quacksalbern, Gauklern, armen Studenten und Pappriesen, die sich zum Vergnügen der gaffenden Normannen versammelten , und das alles unter der Herrschaft und Autorität des Chevalier du Guet, zu dessen Ehren zwei Galgen, von denen jeder eine knarrende Leiche trug, an geeigneten Stellen mit Blick auf den Jahrmarkt erhoben wurden. Für Raufbolde und kleinere Sünder standen am Landtor ein Pranger und ein Prügelpfahl bereit, und von Zeit zu Zeit, wenn ein lüsterner Landstreicher oder ein hübsches Mädchen zur Bestrafung heraufgezerrt wurde, übertrafen sie alle professionellen Shows an Anziehungskraft.

Einer von ihnen schien ebenso erfolgreich darin zu sein, die Aufmerksamkeit der wechselnden Menge zu wecken und zu fesseln, nämlich drei Personen – ein Mann, ein Junge und ein Affe –, die sich einen Teil des steilen Hügels als Stellplatz ausgesucht hatten. Seite, die über die Straße hinausragt. Hoch oben hatten sie einen eisernen Pflock nach Hause getrieben und von dort aus eine Schnur bis zur Spitze eines Baumes gespannt, der am anderen Ende der Straße stand, und so ein ebenso einfaches wie wirkungsvolles Spannseil improvisiert. Den ganzen Tag, während die wechselnde Menschenmenge unten hin und her ging, konnte man den Affen und den Jungen sehen, wie sie sich auf dieser schwindelerregenden Anhöhe drehten und wendeten und posierten, während der Mann, fantastisch gekleidet in eine Eisenkappe, eine Welt zu groß für ihn, und a Er trug einen Rücken- und Brustpanzer, der schlecht zu seiner fleckigen purpurroten Jacke und seinen Tafthosen passte , und schlug eine Trommel am Fuße des Baumes oder trat ab und zu vor, um in einer Schöpfkelle die Sous , Eier und Comfits entgegenzunehmen, die die Show belohnten .

Er war ein schlanker, mittelgroßer Mann mit zusammengekniffenen Augen und einem schlauen Mund. Ohne Hilfe hätte er vielleicht seinen Lebensunterhalt mit dem Schneiden von Geldbörsen bestreiten können. Aber er hatte den Verstand, durch andere zu tun, was er selbst nicht konnte, und das Glück, etwas in seiner Gesellschaft zu haben, das allen Ankömmlingen gefiel; Denn während die Clowns mit großen Augen auf die unhöfliche Gestalt und die abscheulichen Grimassen des Affen starrten, berührten die dünnen Wangen und keuchenden Lippen des Jungen die Herzen ihrer Geliebten und entlockten ihnen so manchen Kuchen und Verkleidungen. Dennoch ist bei einer Massenveränderung alles entscheidend; und im Wettbewerb der Attraktionen, wo es hier einen fliegenden Drachen und dort einen tanzenden Bären gab und an einem anderen Ort das Geheimnis von Joseph von Arimathäa und dem heiligen Feigenbaum von einer Gruppe aufgeführt wurde, die vor dem König in gespielt hatte Paris – und als neben all diesen seltenen Shows auch noch ein Dutzend Quacksalber, Zauberer und Halsbandgrinser mit messinglungenen Lungen unter unbeschreiblichem Trommelklang und Trompetenquietschen für sich Werbung machten, war nicht zu erwarten, dass ein Junge und … Ein Affe konnte immer den ersten Platz einnehmen. Eine Stunde vor Sonnenuntergang begann die Kelle leer nach Hause zu kommen. Die Menge wurde dünner. Riesiges Gelächter aus der Spielerkabine lockte einige Leute an, die noch verweilten. Es schien, als sei die Erfolgsserie des Trios zu Ende; und dass sie trotz all des Gewinns, den sie wahrscheinlich noch machen würden, ihre Sachen packen und ins Bett gehen könnten.

Aber Master Crafty Eyes wusste es besser. Bevor seine Popularität ganz nachließ, stellte er einen Klapphocker her. Er stellte es mit großer Geste am Fuße des Baumes ab , was allein ausreichte, um die Zögernden aufzuhalten, und bedeckte es feierlich mit einem roten Tuch. Als dies geschehen war, verschränkte er die Arme, blickte sehr streng in beide Richtungen und rief: „Tenez! Seine Exzellenz, der Seigneur de Bault, wird die Güte haben, herabzusteigen.“

Die kleine Handvoll Gaffer lachte, und das Lachen vergrößerte ihre Zahl. Doch der Junge, an den die Worte gerichtet waren, rührte sich nicht. Er saß träge auf dem Seil, schwankte hin und her und blickte mit ernstem Gesicht und einem aufrührerischen Blick in den Augen direkt vor sich hin. Er schien etwa zwölf Jahre alt zu sein. Er hatte geschmeidige Gliedmaßen und war von der Sonne braun gebrannt, hatte dichtes schwarzes Haar und seltsamerweise blaue Augen. Der Affe saß dicht neben ihm; und selbst beim Klang der Stimme des Meisters drehte er sich menschlich zu ihm um, als wollte er sagen: „Du solltest besser gehen.“

Noch immer rührte er sich nicht. „Tenez!“ Master Crafty Eyes weinte erneut, und zwar schärfer. „Seine Exzellenz, der Seigneur de Bault, wird die Freundlichkeit haben, herabzusteigen und seine Geschichte zu erzählen. *Écoutez ! Écoutez ! mesdames et messieurs!* Es wird es Ihnen zurückzahlen.“

Diesmal blickte der Junge stirnrunzelnd und stur von seinem Platz herab. Er schien die Entfernung zu messen und zu berechnen, ob seine Höhe über dem Boden ihn vor der Peitsche bewahren würde. Anscheinend kam er zu dem Schluss, dass dies nicht der Fall sein würde, denn er rief dem Mann „ *Vitement ! Vitement !* “ zu, warf einen grimmigen Blick nach oben und begann langsam abzusteigen, wobei sich in all seinen Bewegungen ein mürrischer Widerwille zeigte.

Als er den Boden erreichte, bahnte er sich seinen Weg durch das Publikum – das inzwischen auf über zwanzig Zuschauer angewachsen war – und kletterte schwerfällig auf den Hocker, wo er dastand und sich mit dunkler Scham umsah, überraschend für jemanden, der Teil einer Show war , und hatte den ganzen Tag lang zur öffentlichen Belustigung posiert. Die Frauen bemerkten schnell die Vertiefungen in seinen Wangen und die große Quaddel, die seinen Hals säumte, und bewunderten auch schnell die Geradlinigkeit seiner Glieder und die leichte Haltung seines Kopfes. Sie betrachteten ihn mitleiderregend. Die Männer starrten nur; Das Rauchen hatte in Fécamp noch nicht Einzug gehalten , also aßen sie abwechselnd Kuchen und schauten sich um.

„Oyez! Oyez! Oyez!" rief der Mann mit der Trommel. „Hören Sie sich die bemerkenswerte, beklagenswerte und wahre Geschichte des Seigneur de Bault an , jetzt vor Ihnen! Oyez!"

Der Junge blickte sich um, aber es gab kein Entrinnen. So, mürrisch und in einem singenden Ton – durch den sich jedoch immer wieder ein Hauch von Würde, ein seltsamer Echo von Kraft und Autorität drängte, der dem Konzert seinen bizarren Charme verlieh und es zu dem machte, was es war – -Er begann mit den Worten am Anfang dieses Kapitels:- -

„Ich bin Jehan de Bault , Seigneur von – ich weiß nicht wo, und Herr von siebzehn Lordschaften in der Grafschaft – ich habe den Namen vergessen, einer äußerst edlen und mächtigen Familie, die die Hohe Gerechtigkeit, die Mitte und die … besitzt." Niedrig. In meinen Adern fließt das Blut von Roland, und zu meinen Vorfahren gehörten drei Marschälle von Frankreich. Ich stehe hier, der Letzte meiner Rasse; als Zeichen dafür möge Gott meine Mutter, den König, Frankreich und diese Provinz bewahren! I wurde im Alter von fünf Jahren von Zigeunern gestohlen und vom Verwalter meines Vaters entführt und verkauft, so wie Joseph von seinen Brüdern, und ich appelliere – ich appelliere an – alle guten Untertanen Frankreichs, mir zu helfen – ---"

"Meine Rechte!" warf Crafty Eyes mit einem wilden Blick ein.

„Meine Rechte", flüsterte der Junge und senkte den Kopf.

Der Trommelmann trat zügig vor. „Genau so, meine Damen und Herren", rief er mit wunderbarer Unbefangenheit. „Und so selten es vorkommt, dass Sie den Vertreter einer unserer edelsten und ältesten Familien vor sich haben, der um Ihre Hilfe bittet, so selten wie dieser bemerkenswerte, beklagenswerte und wahrhaftige Anblick in Fécamp zu sehen ist, ich bin sicher, dass Sie das sind Ich werde bereitwillig, großzügig und auf den Punkt reagieren, mein Herr, meine Damen und Herren!" Und mit diesen Worten und mit einer viel großartigeren Miene, als damals, als es nur eine Angelegenheit zwischen einem Jungen und einem Affen gewesen war, trug der Schurke seine Schöpfkelle herum, zog jedem, der seinen Beitrag leistete, seine Mütze ab und sagte höflich: „Der Sieur de Bault dankt Ihnen . ", Sir. Der Sieur de Bault ist Ihr Diener, Madam.

Es lag etwas so Neuartiges in der ganzen Angelegenheit, etwas so Seltsames und unerklärlich Rührendes in den Worten und der Art des Jungen, dass es mit dem Anschein eines unverschämten Tricks, der nur die Unwissendsten ansprach, auf die Menge einwirkte: als zweifellos wahr hatte schon hundert Menschenmengen angegriffen. Der erste Mann, dem die Kelle gegeben wurde, grinste verlegen und gab gegen seinen Willen; und seine Kameraden verhielten sich die ganze Zeit zurückhaltend, zuckten mit den Schultern und wirkten klug. Aber ein Dutzend Frauen wurden auf einmal gläubig, und trotz des Lärms und Leuchtens der rivalisierenden Drachen und Morisken und des umliegenden Lärms und Trubels kam die Kelle voller Leugner und Sous zurück.

Der Schausteller zählte gerade seine Gewinne in seinen Beutel, als ein silberner Franken durch die Luft wirbelte und ihm zu Füßen fiel, und gleichzeitig rief eine raue Stimme: „Hier, mein Herr! Ein Wort mit Ihnen."

Master Crafty Eyes blickte auf, nahm demütig seine Mütze ab – denn die Stimme war eine Stimme der Autorität – und ging ängstlich zu dem Sprecher. Es handelte sich um einen älteren, gut berittenen Mann, der sein Pferd am Rande der Menge angeschnallt hatte, als der Junge mit seiner Ansprache begann. Er hatte das Gesicht eines einfachen Soldaten mit grauem Schnurrbart und einem kleinen, grauen Spitzbart und schien eine Person von Rang zu sein, die auf dem Weg aus der Stadt war; denn er hatte zwei oder drei bewaffnete Diener hinter sich, von denen einer einen Koffer auf seinem Krupper trug.

„Was ist Ihr Wille, edler Herr?" jammerte der Schausteller, stand barhäuptig an seinem Steigbügel und sah zu ihm auf.

„Wer hat dem Jungen diesen Blödsinn beigebracht?" fragte der Reiter streng.

„Niemand, mein Herr. Es ist die Wahrheit."

„Dann bring ihn her, Lügner!" war die Antwort.

Der Schausteller gehorchte, wenn auch nicht sehr bereitwillig, zerrte den Jungen vom Stuhl und riss ihn durch die Menge. Der Fremde blickte einen Moment lang schweigend auf das Kind herab. Dann sagte er scharf: „Hör mal, sag mir die Wahrheit, Junge. Wie heißt du?"

Der Junge richtete sich auf und antwortete ohne zu zögern: „ Jehan de Bault ."

„Von nirgendwo in der Grafschaft ohne Namen", sagte der Fremde ernst. „Aus einer edlen und mächtigen Familie – und dem Rest. Ist das alles wahr, nehme ich an?"

Ein Hoffnungsschimmer glänzte in den Augen des Jungen. Seine Wange wurde gerötet. Er hob seine Hand auf die Schulter des Pferdes und antwortete mit ein wenig zitternder Stimme: „Es ist wahr."

„Der Schausteller zählte seine Gewinne in seinen Beutel"

„Wo ist Bault ?" fragte der Fremde grimmig.

Der Junge sah verwirrt und enttäuscht aus. Seine Lippe zitterte, seine Farbe log wieder. Er blickte hin und her und schüttelte schließlich den Kopf. „Ich weiß es nicht", sagte er schwach.

„Ich auch nicht", antwortete der Reiter, schlug mit der Reitgerte auf seinen langen braunen Stiefel, um den Worten Nachdruck zu verleihen, und blickte sich streng um. „Ich auch nicht. Und außerdem können Sie mir glauben, dass es in Frankreich keine Familie dieses Namens gibt! Und wiederum können Sie mir das auch abnehmen. Ich bin der Vicomte de Bresly und ich habe eine Regierung. " in Guienne. Spielen Sie dieses Spiel in meiner Grafschaft, und ich werde dafür sorgen, dass Sie beide wegen gewöhnlicher Betrüger ausgepeitscht werden und Sie, Meistertrommler, ebenfalls gebrandmarkt werden! Denken Sie daran, Sirrah, und wenn Sie auftreten, machen Sie einen weiten Bogen um Perigord. Das ist Alles."

Beim letzten Wort schlug er sein Pferd und ritt davon; Er saß wie ein alter Soldat so gerade im Sattel, dass er nicht sah, was hinter ihm geschah, oder dass der Junge mit einem hastigen Schrei nach vorne sprang und ihm, wenn der Schausteller ihn nicht gepackt hätte, gefolgt wäre. Er ritt davon, unbeachtet und ohne sich umzusehen; und der Junge brach nach einem kurzen leidenschaftlichen Kampf mit seinem Herrn zusammen.

„ Du Glied!" Der Mann mit der Trommel weinte, als er ihn schüttelte. „Welche Biene hat dich gestochen? Du wirst nicht ruhig sein, was? Dann nimm das! und das!" und er schlug dem Kind zweimal brutal ins Gesicht.

Einige weinten vor Scham und andere lachten. Aber es ging niemanden etwas an, und es gab hundert Freuden in Sichtweite. Was war ein kleiner Junge oder ein Schlag mehr oder weniger inmitten des Trubels und Tumults des Jahrmarkts? Zwanzig Meter entfernt drehte ein tanzendes Mädchen, eine echte Peri – zumindest schien es ihr im Schein von vier Talgkerzen – Pirouetten auf einer wackligen Plattform. Nahezu an ihrer Seite stand ein Philosoph, der alle Geheimnisse der Natur bis auf die Sauberkeit gemeistert hatte und bereit war, unfehlbare Liebesfässer und den Trank der ewigen Jugend zu verkaufen – für vier Pfennig! Und dahinter erstreckte sich ein Blick auf Wunder und Wunder, alle lautstark, um nicht zu sagen ohrenbetäubend. Einer nach dem anderen, mit einem Achselzucken oder einem höhnischen Grinsen, schmolzen die Zuschauer dahin, bis nur noch unser Trio übrig blieb: Master Crafty Eyes, der seine Gewinne zählte, der Junge, der an der Bank schluchzte, auf die er sich gestürzt hatte, und der schnatternde und plappernde Affe über uns – ein dunkler, formloser Gegenstand an einem unsichtbaren Seil. Denn die Nacht brach herein: Wo der Spaß des Jahrmarkts nicht war, waren Düsternis und ein aufkommender Wind, lauerten Taschendiebe und ödes Land.

Der Schausteller schien dies zu spüren, denn nachdem er seine Einnahmen gezählt hatte, trat er den Jungen hoch und begann einzupacken. Er war fast fertig und beugte sich über die Seilrolle, um das Ende zu sichern, als eine Berührung seiner Schulter ihn einen Meter weit springen ließ. Ein großer, in einen Umhang gehüllter Mann, der ungesehen aufgetaucht war, stand neben ihm.

"Also!" rief der Schausteller und bemühte sich, seine Beunruhigung unter dem Anschein von Gepolter zu verbergen. „Und was willst du?"

„Ein Wort mit dir", antwortete der Unbekannte.

Die Stimme war so kalt und leidenschaftslos, dass Crafty Eyes sich umdrehte. „ Tötlich !" murmelte er und versuchte, die Dunkelheit zu durchdringen und zu sehen, wie der andere war. Aber er konnte nicht; Um den Eindruck abzuschütteln, fragte er höhnisch: „Sie sind doch kein Vicomte, oder?"

„Nein", antwortete der Fremde ernst, „das bin ich nicht."

„Noch der Gouverneur eines Landkreises?"

"NEIN."

„Dann darfst du sprechen!" erwiderte der Schausteller großartig.

„Nicht hier", antwortete der verhüllte Mann. „Ich muss dich alleine sehen."

„Dann musst du mit mir nach Hause kommen und warten, bis ich den Jungen untergebracht habe", sagte der andere. „Ich werde ihn nicht für dich oder irgendjemanden verlieren. Und für einen Penny wäre er weg! Passt es dir? Du kannst es nehmen oder es lassen."

Der Unbekannte, dessen Gesichtszüge von der Dämmerung völlig verdeckt waren, nickte zustimmend, und ohne weitere Umschweife wandten die vier ihre Gesichter den Straßen zu; der Junge trägt den Affen und die beiden Männer folgen ihm dicht auf den Fersen. Immer wenn sie an einer beleuchteten Kabine vorbeikamen, bemühte sich der Schausteller, etwas über das Aussehen seines Begleiters zu erfahren, aber dieser trug seinen Umhang so hoch über dem Gesicht und war durch einen Hut mit weiten Klappen, der ihn fast abdeckte, so gut bedient, dass seine Neugier völlig verblüfft war ; und sie erreichten das niedrige Gasthaus, wo der Schausteller eine Ecke des Stalls mietete, ohne dass dieser schlaue Herr durch seine Mühen auch nur im Geringsten davon erfuhr.

Es war ein abscheulicher, übelriechender Ort, den sie betraten, der durch hölzerne Trennwände, die bis zur Hälfte der Fliesen reichten, in sechs oder acht Stände unterteilt war. An jedem Ende hing eine Hornlaterne, die sie mit gelben Lichtern und tiefen Schatten erfüllte. Ein Pony hob den Kopf und wieherte, als die Männer eintraten, aber die meisten Ställe waren leer oder wurden nur von betrunkenen Clowns bewohnt, die im Stroh schliefen.

„Du kannst ihn hier nicht einsperren", sagte der Fremde und sah sich um.

Der Schausteller grunzte. "Darf ich nicht?" er sagte. „Tricks gibt es in allen Berufen, Meister. Ich denke, ich schaffe es – damit!" Und er holte irgendwo um sich herum eine dünne Stahlkette hervor und hielt sie dem anderen vors Gesicht. „Das ist mein Schloss und meine Tür", sagte er triumphierend.

„Es wird ihn nicht lange halten", antwortete der andere teilnahmslos. „Das fünfte Glied vom Ende ist jetzt durchgenutzt."

„Du hast scharfe Augen!" rief der Schausteller mit widerstrebender Bewunderung. „Aber es wird noch ein bisschen halten. Ich befestige ihn dort in der Ecke. Wartest du hier, und ich werde zu dir zurückkommen."

Er war nicht lange dabei. Als er zurückkam , führte er den Fremden in die hinterste Box, die ebenso wie die daneben leere war. „Wir können hier reden", sagte er unverblümt. „Jedenfalls habe ich keinen besseren Platz. Das Haus ist voll. Was ist nun los?"

„Ich will diesen Jungen", antwortete der große Mann. Der Schausteller lachte – hörte auf zu lachen – lachte erneut. „Das wage ich zu behaupten", sagte er spöttisch. „Es gibt keinen besseren oder mutigeren Jungen auf dem Seil aus Paris. Und was das Geschwätz angeht? Es gibt nichts auf der Straße, das so gut ist wie das Stück, das er heute Nachmittag gemacht hat, und auch kein Stück, das sich so gut auszahlt."

„Wer hat es ihm beigebracht?" fragte der Fremde.

"Ich tat."

„Das ist eine Lüge", antwortete der andere völlig ungerührt. „Wenn du willst, erzähle ich dir, was du getan hast. Du hast ihm die zweite Hälfte der Geschichte beigebracht. Die andere kannte er schon vorher: bis hin zum Wort ‚Provinz'."

Der Schausteller keuchte. „ Tötlich !" er murmelte. "Wer hat Ihnen gesagt?"

„Macht nichts. Du hast den Jungen gekauft. Von wem?"

„Von ein paar Zigeunern auf dem großen Jahrmarkt von Beaucaire ", antwortete der Schausteller mürrisch.

"Wer ist er?"

Crafty Eyes lachte trocken. „Wenn ich das wüsste, würde ich den Huf nicht streicheln", sagte er. „Oder es könnte sein, dass er niemand ist und die Geschichte erzählt. Du hast genauso viel gehört wie ich. Was denkst du?"

„Ich denke, ich werde es herausfinden, wenn ich den Jungen gekauft habe", antwortete der Fremde kühl. „Was wirst du für ihn nehmen?"

Der Schausteller schnappte erneut nach Luft. „Sie kommen zum Punkt", sagte er.

„Das ist meine Gewohnheit. Wie hoch ist sein Preis?"

Die Fantasie des Schaustellers war nie darüber hinausgegangen, und seine Ohren hatten nie von einer größeren Summe als tausend Kronen gehört. Er erwähnte es zitternd. Es könnte eine solche Summe auf der Welt geben.

„Tausend Livres, wenn Sie so wollen. Kein Sou mehr", war die Antwort.

Die nähere Laterne warf ein starkes Licht auf das Gesicht von Crafty Eyes; aber das war nur ein Schatten neben dem Licht der Gier, das in seinen Augen funkelte. Er könnte einen anderen Jungen bekommen; Dutzende Jungen. Aber tausend Livres! Tausend Livres! „ Tournois !" sagte er leise. „Livres Tournois !" In seinen wildesten Momenten der Gier hatte er nie davon geträumt, eine solche Summe zu besitzen.

„Nein, Pariser Livres", antwortete der Fremde kalt. „Morgen im *Golden Chariot* bezahlt . Wenn Sie einverstanden sind, liefern Sie mir den Jungen um Mittag dort aus und erhalten das Geld."

Der Schausteller nickte, allein schon beim Klang der Summe war er überwältigt. Pariser Livres lassen es sein. Danae erlag dem goldenen Regen nicht schneller.

KAPITEL II.

SOLOMON NÔTREDAME.

Chariot d'Or besuchte , stand er mit offenem Mund vor den erleuchteten Fenstern und spähte fasziniert in den Hof – oder vielleicht doch um sich zu vergewissern, dass das Haus und seine goldenen Hoffnungen nicht wegfliegen würden – der zwölfjährige Junge, die Grundlage dieser Hoffnungen, erwachte und rührte sich unruhig im Stroh. Ihm war kalt, und die Kette schmerzte ihn. Sein Gesicht schmerzte dort, wo der Mann ihn geschlagen hatte. Im nächsten Stall kämpften zwei betrunkene Männer, und der Ort stank nach Flüchen und Verdorbenheit. Aber keines dieser Dinge war so neu, dass es den Jungen wach gehalten hätte; und indem er seufzte und den Affen näher an sich heranzog, wäre er in einem Augenblick wieder eingeschlafen, wenn der Mond, der mit großer Helligkeit durch die kleine quadratische Öffnung über ihm schien, sein Licht nicht direkt auf seinen Kopf geworfen und ihn stärker geweckt hätte .

Er setzte sich auf und betrachtete es, und Gott weiß, welche mildernden Gedanken und erbärmlichen Erinnerungen die Schönheit der Nacht in ihm hervorrief; aber plötzlich begann er zu weinen – nicht wie ein Kind mit Lärm und Wehklagen weint, sondern in der Stille, wie ein Mann weint. Der Affe erwachte und kroch in seine Brust, aber er achtete kaum darauf. Das Elend, die Hoffnungslosigkeit, die Sklaverei seines Lebens, die von Stunde zu Stunde ignoriert oder zu anderen Zeiten mit der Lässigkeit eines Jungen ertragen wurde, erfüllten jetzt sein Herz zum Bersten. Er kauerte in seinem Versteck im Stroh und zitterte vor Schmerz. Die Tränen strömten hervor und ließen sich nicht zurückhalten, bis sie das Gesicht des Himmels verdeckten und sogar das reine Licht des Mondes verdunkelten.

Oder waren es seine Tränen? Er scheuchte sie weg, schaute nach und stand langsam auf; während der Affe, sich an seine Brust klammernd, zu mähen und zu schnattern begann. Eine schwarze Masse, die sich, als die Augen des Jungen klarer wurden, allmählich in den Hut und Kopf eines Mannes auflöste, füllte die Öffnung.

"Stille!" kam in einem vorsichtigen Flüstern aus dem Kopf. „Komm näher. Ich werde dir nichts tun. Willst du fliehen, Junge?“

Der Junge faltete vor Ekstase die Hände. „Ja, oh ja!“ er murmelte. Die Frage fügte sich so natürlich in seine Gedanken ein, dass sie ihn kaum überraschte.

„Wenn du frei wärst, könntest du durch dieses Fenster kommen?" fragte der Mann. Er sprach vorsichtig und leise; aber der Lärm im Nebenstall, ganz zu schweigen von einem abscheulichen Trinklied, das am anderen Ende des Stalls gesungen wurde, war so groß, dass er getrost hätte schreien können. „Ja? Dann nimm diese Akte. Reibe am fünften Glied vom Ende: das, das fast fertig ist. Verstehst du, Junge?"

„Ja, ja", rief Jehan erneut und tastete im Stroh nach dem Werkzeug, das ihm vor die Füße gefallen war. "Ich weiß."

„Wenn du locker bist, verdecke die Kette", fuhr der andere in einem langsamen, bissigen Tonfall fort. „Oder legen Sie sich auf diesen Teil und warten Sie bis zum Morgen. Sobald Sie den ersten Lichtschein sehen, klettern Sie durch das Fenster hinaus. Sie werden mich draußen finden."

Der Junge hätte seinen zitternden Dank ausgesprochen. Aber siehe da! einen Augenblick später war die Öffnung wieder klar; der Mond segelte unverändert durch einen unveränderten Himmel; und alles war wie zuvor. Hätte er nicht das kleine Stück Rohstahl in seiner Hand gesehen, hätte er es für einen Traum halten können. Aber die Akte war da; Es war da, und mit einem erstickten Schluchzen voller Hoffnung, Angst und Aufregung machte er sich an die Arbeit an der Kette.

Es war eine ungeschickte Arbeit, die er im Dunkeln machte. Aber das Glied war so abgenutzt, dass ein Mann es hätte aufreißen können, und der Junge schonte seine Finger nicht. Der Streit nebenan betraf das Lied der Akte; und die rauchige Hornlaterne, die allein dieses Ende des Stalls beleuchtete, hatte in der dunklen Ecke, in der er lag, keine Wirkung. Allerdings musste er nach Gefühl handeln und die ganze Zeit auf das Kommen seines Tyrannen achten; Aber das Werkzeug war gut, und die Finger, die durch die stundenlange Arbeit am Seil gehärtet worden waren, waren stark und geschmeidig. Als der Schausteller endlich zu seinem Platz im Stroh stolperte, lag der Junge frei – frei und zitternd.

Es war jedoch noch nicht alles erledigt. Es schien eine Stunde zu dauern, bis sich der Mann beruhigte – eine Stunde voller Qual und Spannung für Jehan , der so tat, als würde er schlafen; denn sein Herr könnte sich jeden Moment in den Kopf setzen, die Dinge zu untersuchen. Aber Crafty Eyes hatte keinen Verdacht. Nachdem er den Jungen getreten und die Kette rasseln gehört hatte und sich so sicher war, dass er da war – so viel Vorsicht, die er jede Nacht walten ließ, ob betrunken oder nüchtern –, war er zufrieden; und nach und nach, als seine vom Gedanken an Reichtum angeheizte Fantasie es zuließ, schlief er ein und träumte, er hätte die Köchin des Kardinals geheiratet und sonntags Collops gegessen.

Trotzdem schien die Nacht für den Jungen endlos zu sein, der wach dalag und den Blick zum Himmel richtete. Mal war er heiß, mal kalt. Einen Moment lang stürzte ihn der Gedanke, dass das Fenster zu eng für ihn sein könnte, ins Schwitzen; Im nächsten Moment schauderte er bei der Möglichkeit einer erneuten Gefangennahme und sah, wie er von seinem brutalen Besitzer zurückgezerrt und gehäutet wurde. Aber ein beobachteter Topf *kocht* , wenn auch langsam. Endlich kam der erste Streifen der Morgendämmerung – wie es immer der Fall ist, wenn der Himmel am dunkelsten ist; Und während der Junge vorsichtig aufstand, ertönte ein leises Pfeifen vor dem Fenster.

Ein gewöhnlicher Sterblicher hätte ebenso wenig geräuschlos durch dieses Fenster gehen können, wie ein alter Mann sich wieder jung machen kann. Aber der Junge hat es geschafft. Als er draußen zu Boden fiel, hörte er erneut den Pfiff. Die Luft war immer noch dunkel; aber ein paar Schritte entfernt, jenseits einer niedrigen Mauer, erkannte er die Gestalt eines Reiters und ging darauf zu.

Es war der Mann im Umhang, der sich bückte und seine Hand ausstreckte. „Spring hinter mich", murmelte er.

Der Junge wollte gehorchen, aber als er die ausgestreckte Hand ergriff, wurde sie plötzlich zurückgezogen. „Was ist das? Was hast du da?" rief der Reiter und blickte auf ihn herab.

„Es ist nur Taras, der Affe", sagte Jehan schüchtern.

„Wirf es weg", antwortete der Fremde. "Hörst du mich?" er fuhr in einem strengen, gelassenen Ton fort. „Wirf es weg, sage ich."

Der Junge stand einen Moment zögernd da; Dann drehte er sich wortlos um und floh in die Dunkelheit, den Weg, den er gekommen war. Der Mann auf dem Pferd fluchte leise, aber er hatte kein Heilmittel; und bevor er sagen konnte, was ihn erwarten würde, war der Junge wieder an seiner Seite. „Ich habe es durch das Fenster gesteckt", erklärte Jehan atemlos. „Wenn ich es hier gelassen hätte, hätten die Hunde und die Jungs es getötet."

Der Mann gab keinen lauten Kommentar ab, sondern riss ihn unsanft zum Schweif; Sie forderten ihn auf, sich festzuhalten, und setzten das Pferd in Bewegung, das sie mit leichtem Schritt schnell aus Fécamp hinausführte . Als sie über das Messegelände von gestern gingen – zu dieser Stunde eine schattige, gespenstische Einöde, bevölkert von umherziehenden Eseln und Packpferden und ein paar lauernden Gestalten, die aus der Dunkelheit aufsprangen und ihnen um Almosen jammernd nachliefen – -Der Junge zitterte und klammerte sich eng an seinen Beschützer. Aber er hatte die Szene gerade erst erkannt , als sie außer Sichtweite waren und durch die offenen Felder ritten. Die graue Morgendämmerung breitete sich aus, die Hähne auf den fernen Bauernhöfen krähten. Die düstere, neblige Landschaft, die aufragenden Bäume, die rauhe Luft, die Kälte, die sich in seine schlecht bedeckten Knochen kroch – all dies, was anderen vielleicht als elend erschienen wäre, erfüllte den Jungen mit Hoffnung und Freude. Denn sie bedeuteten Freiheit.

Aber als sie weiterritten, nahmen seine Gedanken eine neue Wendung. Sie begannen, sich ängstlich mit dem Mann vor ihm zu beschäftigen, dessen anhaltendes Schweigen und kalte Zurückhaltung hundert wilde Ideen in seinem Gehirn zum Surren brachten. Was für ein Mann war er? Wer war er? Warum hatte er ihm geholfen? Jehan hatte von Ogern und Riesen gehört, die Kinder in Wälder lockten und sie verschlangen. Hunderte Male hatte er Balladen über solche Abenteuer gehört, die auf Jahrmärkten und auf der Straße gesungen wurden; Jetzt kamen sie ihm so stark in den Sinn und wuchsen ihm in dieser düsteren Kameradschaft so sehr in den Sinn, dass er nach und nach, als er einen Wald vor sich sah, durch den die Straße verlief, vor Schrecken zitterte und sich selbst aufgab. Tatsächlich blieb der Mann, dessen Gesicht er noch nie gesehen hatte, stehen, als sie den Wald erreichten und ein Stück hineingeritten waren. „Geh runter", sagte er streng.

„JEHAN zitterte und fand das Loch"

Jehan gehorchte, seine Zähne klapperten, seine Beine zitterten unter ihm. Er erwartete, dass der Mann ein großes Tranchiermesser hervorholte oder einige seiner Kameraden aus dem Wald rief, um seine Mahlzeit zu teilen. Stattdessen machte der Fremde eine seltsame Bewegung, legte seine Hände über den Hals seines Pferdes und befahl dem Jungen, zu einem alten Baumstumpf zu gehen, der am Weg stand. „Auf der anderen Seite ist ein Loch", sagte er. „Schau in das Loch."

Jehan ging zitternd hin und fand das Loch und schaute. "Was siehst du?" fragte der Reiter.

„Ein Stück Geld", sagte Jehan .

„Bring es mir", antwortete der Fremde ernst.

Der Junge nahm es – es war nur ein Kupfer-Sou – und tat, was ihm geheißen wurde. "Aufstehen!" sagte der Reiter knapp. Jehan gehorchte, und sie gingen weiter wie zuvor.

Als sie jedoch mitten durch den Wald geritten waren, blieb der Fremde erneut stehen. „Geh runter", sagte er.

Der Junge gehorchte und wurde wie bei der ersten Gelegenheit angewiesen, zu einem alten Baumstumpf zu gehen – allerdings erst, nachdem der Reiter die gleiche seltsame Geste mit seinen Händen gemacht hatte. Diesmal fand er ein silbernes Livre. Er gab es seinem Herrn und kletterte voller Staunen wieder zu seinem Platz .

Ein drittes Mal blieben sie am anderen Waldrand stehen. Die gleichen Worte wiederholten sich, aber dieses Mal fand der Junge eine goldene Krone im Loch.

Danach kreisten seine Gedanken nicht mehr um Oger und Riesen. Stattdessen ergriff eine andere, fast ebenso schreckliche Fantasie Besitz von ihm. Er bemerkte, dass alles, was der Fremde trug, schwarz war: sein Umhang, sein Hut, seine Handschuhe. Sogar seine langen Stiefel, die damals üblicherweise aus ungegerbtem Leder bestanden, waren schwarz. Ebenso die Möbel des Pferdes. Jehan bemerkte dies, als er zum dritten Mal aufstieg; Als er dies mit dem wunderbaren Aufwallen von Geld dort in Verbindung brachte, wo der Mann wollte, geriet er in Panik und zweifelte nie daran, dass er in die Hände des Teufels gefallen war. Wahrscheinlich wäre er bei der ersten sich bietenden Gelegenheit vorbeigekommen und um sein Leben – oder seine Seele, geflohen, aber davon wusste er nicht viel –, wenn der Fremde nicht rechtzeitig ein Paket mitgenommen hätte Essen aus seiner Satteltasche. Er gab Jehan davon . Trotzdem wagte der Junge, obwohl er hungrig war, nicht, es zu berühren, bis ihm versichert wurde, dass sein Begleiter wirklich aß – aß und nicht so tat. Dann begann auch er mit einem großen Seufzer der Erleichterung zu essen. Denn er wusste, dass der Teufel nie aß!

Danach ritten sie schweigend weiter, bis sie etwa eine Stunde vor Mittag zu einem kleinen Bauernhof an der Straße kamen, eine halbe Meile von der verschlafenen Altstadt von Yvetot entfernt, den Beranger eines Tages feiern sollte . Hier hielt der Zauberer – denn diesen hielt Jehan nun für seinen Gefährten – inne. „Geh runter", sagte er.

Der Junge gehorchte und suchte instinktiv nach einem Baumstumpf. Aber es gab keinen Stumpf, und dieses Mal hatte sein Herr, nachdem er seine zerlumpten Kleidungsstücke gescannt hatte, als wollte er sich von seinem Aussehen überzeugen, einen anderen Befehl zu erteilen. „Geh zu dieser Farm", sagte er. „Klopfen Sie an die Tür und sagen Sie, dass Solomon Nôtredame de Paris zwei Hühner benötigt . Sie werden sie Ihnen geben. Bringen Sie sie mir."

Der Junge machte große Augen, klopfte und überbrachte seine Nachricht. Eine Frau, die die Tür öffnete, streckte ihre Hand aus, nahm ein paar Hühner, die zusammengebunden auf dem Herd lagen, und gab sie ihm wortlos. Er nahm sie – er wunderte sich über nichts mehr – und trug sie auf der Straße zu seinem Herrn zurück.

„Jetzt hör mir zu", sagte dieser in seinem langsamen, kalten Ton. „Gehen Sie in die Stadt, die Sie vor sich sehen, und auf dem Marktplatz finden Sie ein Gasthaus mit dem Schild der *drei Tauben* . Betreten Sie den Hof und bieten Sie diese Hühner zum Verkauf an, aber verlangen Sie ein Livre pro Stück dafür, damit sie es dürfen nicht gekauft werden. Während du sie anbietest, such dir einen Vorwand aus, um in den Stall zu gehen, wo du ein graues Pferd sehen wirst. Lasse diesen weißen Klumpen in die Futterkrippe des Pferdes fallen, wenn niemand hinschaut, und bleibe danach an der Tür des Hofes. Wenn Du siehst mich, sprich nicht mit mir. Verstehst du?"

Jehan sagte, er habe es getan; aber sein neuer Herr ließ ihn seine Befehle von Anfang bis Ende wiederholen, bevor er ihn mit den Hühnern und dem weißen Klumpen gehen ließ, der etwa die Größe einer Walnuss hatte und wie Steinsalz aussah.

Ungefähr eine Stunde später hörte der Wirt der *Drei Tauben* in Yvetot , wie ein Reiter vor seiner Tür stehen blieb. Er ging ihm entgegen. Jetzt ist Yvetot auf dem Weg nach Havre und Harfleur ; und obwohl ersteres dieser Lokale damals im Entstehen war und letzteres schnell aussterbte, hatte der Wirt Erfahrung mit vielen Gästen gehabt. Aber er glaubte, einen so seltsamen Gast wie den, den er erwartet hatte, noch nie gesehen zu haben. Erstens war der Herr von Kopf bis Fuß in Schwarz gekleidet; und obwohl er keine Diener hinter sich hatte, wirkte er so ernst, als rühmte er sich mit sechs. Zweitens war sein Gesicht so lang, dünn und leichenhaft, dass die Leute, die ihn zum ersten Mal trafen, es vielleicht gewesen wären, wenn nicht eine große schwarze Augenbrauenlinie es in zwei Teile geteilt und ihm einen sehr seltsamen und unheimlichen Ausdruck verliehen hätte versucht zu lachen. Insgesamt konnte der Wirt ihn nicht erkennen; aber er hielt es für sicherer, hinauszugehen, seinen Steigbügel zu halten und um sein Wohlwollen zu bitten.

„Ich werde hier zu Abend essen", antwortete der Fremde ernst. Als er abstieg, öffnete sich sein Umhang . Mit wachsender Verwunderung stellte der Wirt fest, dass das schwarze Futter mit weiß gestickten kabbalistischen Figuren übersät war.

Reisende den öffentlichen Raum betrat, der sich über der großen steinernen Veranda befand und zufällig leer war, verlor er nichts von seiner Einzigartigkeit. Er blieb ein wenig hinter der Tür stehen und stand da, als wäre er plötzlich in tiefe Gedanken versunken. Der Wirt begann, ihn für verrückt zu halten, und wagte es, ihn zurückzurufen, indem er fragte, was seine Ehre erfordern würde.

„In diesem Haus stimmt etwas nicht", antwortete der Fremde unvermittelt und richtete seinen Blick auf ihn.

„Falsch?" Der Gastgeber antwortete, stockte unter seinem Blick und wünschte sich, dass er den Raum verlassen würde. „Nicht, dass ich es wüsste, Euer Ehren ."

„Es ist niemand krank?"

„Nein, Euer Ehren , ganz sicher nicht."

„Noch deformiert?"

"NEIN."

„Sie irren sich", antwortete der Fremde bestimmt. „Wisse, dass ich Salomo bin, Sohn von Cæsar , Sohn von Michel Nôtredame von Paris, allgemein genannt von den gelehrten Nostradamus und dem Transzendentalen, der die Zukunft erkannte und auf dem großen weißen Pferd des Todes ritt. Alle verborgenen Dinge stehen mir offen."

Der Wirt starrte nur mit offenem Mund, aber seine Frau und eine Dienerin, die aus Neugier an die Tür gekommen waren und mit aller Kraft lauschten und starrten, bekreuzigten sich fleißig. „Ich bin hier", fuhr der Fremde nach einer kurzen Pause fort, „um das Horoskop Seiner Eminenz des Kardinals zu erstellen, von dem vorhergesagt wurde, dass er in Yvetot sterben wird. Aber ich finde die Bedingungen ungünstig. Es gibt ein Unglück . " Einfluss in diesem Haus."

Der Vermieter kratzte sich am Kopf und sah seine Frau hilflos an. Aber sie war ganz erfüllt von Ehrfurcht vor dem Fremden, dessen Kopf fast die Decke des niedrigen Zimmers berührte; während sein langes, blasses Gesicht im Dunkeln – denn der Tag war dunkel – von unheimlicher Blässe zu sein schien.

„Ein negativer Einfluss", fuhr der Astrologe ernst fort. „Außerdem sehe ich jetzt, wo es ist. Es ist im Stall. Du hast ein graues Pferd."

Der Vermieter war etwas erstaunt und sagte, er hätte es getan.

„Das hattest du. Das hast du jetzt nicht. Der Teufel hat es!" war die verblüffende Antwort.

„Mein Schimmel?"

Der Fremde neigte den Kopf.

„Nein, da liegst du falsch!" erwiderte der Gastgeber energisch. „Ich werde gehängt, wenn er es getan hat! Denn ich bin heute Morgen auf dem Pferd geritten, und es ging so gut und ruhig wie nie zuvor in seinem Leben."

„Senden Sie es und schauen Sie", antwortete der große Mann.

Die Dienerin gehorchte einem Nicken und ging widerstrebend in den Stall, während ihr Herr, der seinem Gast einen missbilligenden Blick zuwarf, unruhig zum Fenster ging. Einen Augenblick später kam das Mädchen zurück, ihr Gesicht war weiß. „Der Graue hat einen Anfall", rief sie und hielt die ganze Breite des Raumes zwischen sich und dem Fremden. „Es schwitzt und schwankt."

Der Wirt rannte mit einem Eid los, um nachzusehen, und schon nach einer Minute zeigte das Erscheinen einer aufgeregten Gruppe auf dem Platz unter dem Fenster, dass die Sache bekannt war. Der Reisende nahm jedoch keine Notiz davon und auch nicht von den neugierigen und ehrfurchtsvollen Blicken, die ihm die um die Tür des Zimmers drängten Frauen zuwarfen. Mit gesenktem Blick ging er im Zimmer auf und ab.

Der Wirt kam bald zurück, sein Gesicht schwarz wie Donner. „Es ist erstaunlich", sagte er verärgert.

„Der Teufel hat es erwischt", antwortete der Fremde kalt. „Ich wusste, dass es im Haus war, als ich eintrat. Wenn Sie an mir zweifeln, werde ich es beweisen."

„Ja?" sagte der Vermieter hartnäckig.

Der Mann in Schwarz ging zu seiner Satteltasche, die er hochgeholt und in eine Ecke gelegt hatte, und holte eine flache Glasschale heraus, auf der seltsamerweise ein Kreuz und einige mystische Symbole eingeprägt waren. „Geh dort in die Kirche", sagte er, „und fülle diese mit Weihwasser."

Der Wirt nahm es widerwillig an und machte sich auf den Weg zu seinem seltsamen Auftrag. Während seiner Abwesenheit öffnete der Astrologe das Fenster und blickte müßig hinaus. Als er den anderen zurückkommen sah, gab er den Befehl: „Führe das Pferd hinaus."

Es gab eine kurze Verzögerung, aber dann trieben zwei Stallknechts und eine kleine Schar staunender Diener ein hübsches graues Pferd teils an, teils führten es hinaus. Das arme Tier zitterte und ließ den Kopf hängen, konnte aber mit einiger Mühe unter das Fenster gebracht werden. Hin und wieder erschütterte ein scharfer Krampf seine Glieder und zerstreute die Zuschauer nach rechts und links.

Solomon Nôtredame lehnte sich aus dem Fenster. In seiner linken Hand hielt er die Schale, in seiner rechten einen kleinen Pinsel. „Wenn dieses Tier an irgendeiner irdischen Krankheit erkrankt ist", rief er mit tiefer, feierlicher Stimme, die über den ganzen Platz zu hören war, „oder an einer Krankheit, die mit irdischen Fähigkeiten geheilt werden kann, dann soll dieses heilige Wasser ihm keinen Schaden zufügen, sondern es erfrischen. Aber Wenn es vom Teufel besessen und den Mächten der Finsternis und dem Feind des Menschen für immer und ewig überlassen wird, um seinen Willen und sein Wohlgefallen zu tun, dann sollen diese Tropfen brennen und es wie mit Feuer verzehren. Amen! Amen!"

Mit dem letzten Wort besprengte er das Pferd. Der Effekt war magisch. Das Tier bäumte sich auf, als hätte man ihm wütend die Sporen gegeben, und stürzte so heftig, dass die Männer, die es festhielten, hin und her geschleift wurden. Die Menge floh in alle Richtungen; aber nicht so schnell, dass nicht hundert Augen den Rauch des Pferdes dort gesehen hätten, wo das Wasser darauf fiel. Als sie sich vorsichtig näherten, stellte sich außerdem heraus, dass die Haare an zwei oder drei Stellen verbrannt waren!

Der Zauberer wandte sich ernst vom Fenster ab. „Ich möchte essen", sagte er.

Keiner der Diener wollte jedoch ins Zimmer kommen oder ihn bedienen, und der Wirt stellte zitternd mit seinen eigenen Händen das Brett auf und bediente ihn. Mein Gastgeber hatte angefangen zu zweifeln und zu vermuten, aber, einfacher Mann! Seine Skepsis war kein Schutz gegen den Weihwasserprozess und den Terror seiner Frau. Nach und nach warf er seinem Gast einen Seitenblick zu und stellte die Frage: Was soll er mit dem Pferd machen?

Der Mann in Schwarz sah ernst aus. „Wer es besteigt, wird innerhalb eines Jahres sterben", sagte er.

„Ich werde es erschießen", antwortete der Wirt schaudernd.

„Der Teufel wird auf eines der anderen Pferde übergehen", war die Antwort.

„Dann", sagte der elende Wirt, „würden Euer Ehren es vielleicht annehmen?"

„Gott bewahre es !" antwortete der Astrologe. Und das machte dem anderen mehr Angst als allen anderen. „Aber wenn du irgendwann einen

Bettlerjungen mit schwarzem Haar und blauen Augen findest", fuhr der Zauberer fort, „der den Namen seines Vaters nicht kennt, kann er das Pferd nehmen und den Zauber brechen." Also habe ich die Zeichen gelesen ."

Der Vermieter schrie, dass so eine Person im Leben nicht zu treffen sei. Doch bevor er seinen Satz zu Ende gebracht hatte, rief eine schrille Stimme durch das Schlüsselloch, dass in diesem Moment so ein Junge auf dem Hof sei und Geflügel zum Verkauf anbiete.

„Dann gib ihm in Gottes Namen das Pferd!" sagte der Fremde. „Bitte ihn, es nach Rouen zu bringen, und an jedem fließenden Wasser kommt er, um Paternoster zu sagen und seinen Schwanz zu besprengen. Damit er entkommen kann, und du auch. Ich kenne keinen anderen Weg."

Der zitternde Wirt sagte, er würde das tun, und tat es. Und so fuhr der Mann in Schwarz, als er am nächsten Abend nach Rouen fuhr, nicht allein. Er wurde in respektvollem Abstand von einem gutaussehenden, in Zobelsamt gekleideten Pagen begleitet, der auf einem hübschen grauen Pferd saß.

KAPITEL III.

MANN UND FRAU.

Es ist eine angenehme Sache, warm gekleidet zu sein und weich zu liegen, nachts im Schutz zu sein und tagsüber zu essen und zu trinken. Aber all diese Dinge können teuer erkauft werden, und so wurde der Junge bald von Jehan de Bault gefunden. Er wurde nicht mehr geschlagen, angekettet oder ausgehungert; er lag in einem Rollbett statt in einem Stall; die Arbeit, die er zu verrichten hatte, war die leichteste. Aber er bezahlte alles mit Ängsten – mit einer allgegenwärtigen, bleibenden, beherrschenden Angst vor dem Mann, hinter dem er ritt: der ihn nie beschimpfte, nie bewertete, noch nicht einmal schlug, sondern dessen leisestes Wort – und noch viel mehr – seines war Langes Schweigen erfüllte den Jungen mit unaussprechlicher Angst und Ehrfurcht. Etwas Unheimliches im Gesicht des Mannes, alles gefunden; Aber für Jehan , der niemals an seinen dunklen Kräften zweifelte und der vor seinen Augen zurückschreckte und bei seiner Stimme zusammenzuckte und sich zusammenkauerte, als er sprach, lag eine kalte Böswilligkeit im Gesicht, ein böses Wissen, das dem Jungen eine Gänsehaut bereitete fesselte seine Seele mit Angst.

Der Astrologe sah dies, genoss es und machte sich daran, es auf seine eigene Weise zu steigern. Als er hörte, wie der Junge bei einer Gelegenheit, als er sich ihm plötzlich zuwandte, „ *Oh, Dieu!* " ausrief, sagte er mit einem schrecklichen Lächeln: „Das solltest du nicht sagen! Weißt du warum?"

Das Gesicht des Jungen wurde etwas blasser, aber er sagte kein Wort.

„Frag mich warum! Sag: ‚Warum nicht?'"

"Warum nicht?" Jehan murmelte. Er hätte die Welt darum gebeten, seinen Blick abzuwenden, aber er konnte es nicht.

„Weil du dich an den Teufel verkauft hast!" der andere zischte. „Andere sagen es vielleicht, Sie vielleicht nicht. Was nützt es? Sie haben sich selbst verkauft – Körper, Seele und Geist. Sie kamen aus eigenem Antrieb und stiegen auf das schwarze Pferd. Und jetzt", fuhr er fort ein Tonfall, der immer zum Gehorsam zwang: „Beantworte meine Fragen. Wie heißt du?"

„ Jehan de Bault ", flüsterte der Junge zitternd und zitternd.

"Lauter!"

„ Jehan de Bault ".

„Wiederholen Sie die Geschichte, die Sie auf der Messe erzählt haben."

„Ich bin Jehan de Bault , Seigneur von – ich weiß nicht wo, und Herr von siebzehn Herrschaften in der Grafschaft Perigord, aus einer äußerst edlen und mächtigen Familie, die die Hohe Gerechtigkeit, die Mittlere und die Niedrige besitzt. In meinen Adern Das Blut von Roland fließt, und zu meinen Vorfahren gehörten drei Marschälle von Frankreich. Ich stehe hier, der Letzte meiner Rasse; als Zeichen dafür möge Gott meine Mutter, den König, Frankreich und diese Provinz bewahren.“

„Ha! In der Grafschaft Perigord!“ sagte der Astrologe mit einem plötzlichen Aufhellen seiner schweren Brauen. „Haben Sie sich daran erinnert?“

„Ja. Ich habe das Wort in Fécamp gehört .“

„Und das ist alles wahr?“

"Ja."

„Wer hat es dir beigebracht?“

"Ich weiß es nicht." Das angespannte Gesicht des Jungen war schmerzhaft anzusehen.

„Was ist das Erste, woran Sie sich erinnern können?“

„Ein Haus im Wald.“

„Können Sie sich an Ihren Vater erinnern?“

"NEIN."

"Ihre Mutter?"

„Nein – ja – ich bin mir nicht sicher.“

„Umph! Wurdest du von Zigeunern gestohlen?“

"Ich weiß es nicht."

„Oder vom Verwalter deines Vaters verkauft?“

"Ich weiß es nicht."

„Wie lange warst du mit dem Mann zusammen, dem ich dich genommen habe?“

"Ich weiß es nicht."

„Das tue ich“, antwortete der Astrologe im gleichen Ton, in dem er die Fragen gestellt hatte. Und der Junge hat nie an ihm gezweifelt. „Hüten Sie sich also“, fuhr der Mann in Schwarz mit einem schrecklichen Seitenblick fort, „wie Sie versuchen, mich zu täuschen! Sie können sich jetzt zurückziehen. Ich bin vorerst mit Ihnen fertig.“

Ich sage: „Der Junge hat nie an ihm gezweifelt." Das war in einem Zeitalter der Zaubersprüche und *Diablerie nicht wundervoll* , als die Weisesten die Realität der Magie anerkannten und die Gelehrten und Neugierigen hundert Beispiele ihrer Macht anführen konnten. Dass La Brosse Heinrich den Großen warnte, dass er in seiner Kutsche sterben würde, und dass Thomassin genau den Tag, die Stunde und die Minute der Katastrophe in den Sternen las, stellte damals kein Mensch in Frage. Dass Michel Nôtredame jedem der drei Söhne von Katharina von Medici eine Krone versprach und dass Sullys Lehrer die Karriere dieses Ministers im Detail vorhersagte, galt als ebenso sichere Tatsache wie die Tatsache, dass La Rivière das Horoskop für den dreizehnten Ludwig erstellte, während der zukünftige Monarch lag seine Wiege. Die damaligen Männer glaubten, dass die Concini ihre Geliebte durch Magie beeinflussten; dass Wallenstein, der größte Soldat seiner Zeit, nichts ohne seine Vertrauten tat; dass Richelieu, der größte Staatsmann, Joseph immer an seiner Seite hatte. In einem solchen Zeitalter war es nicht verwunderlich, dass ein Kind die Behauptungen dieses Mannes ohne Frage akzeptierte: Er war es gewohnt, bei vielen Furcht und bei den Wenigen jene vage und subtile Abscheu hervorzurufen, die wir mit seiner Anwesenheit zu assoziieren pflegen teuflisch.

Jenseits von Rouen und zwischen dieser Stadt und Paris fanden die beiden Gefährten die Straße gut befahren. Viele der Passanten standen auf, um den Reisenden in Schwarz anzustarren , und einige gingen auf die andere Straßenseite, als er vorbeiging. Aber niemand lachte oder fand irgendetwas Lächerliches an seinem Aussehen; oder wenn ja, genügte ein Blick von seinem langen, blassen Gesicht, um sie wieder zur Nüchternheit zu bringen. Im Gasthaus in Rouen wurde er gut aufgenommen; Im *Grand Cerf* in Les Andelys , wo er bekannt zu sein schien, wurde er überschwänglich empfangen. Obwohl das Haus voll war, wurde ihm ein separates Zimmer zugewiesen und das Abendessen wurde in kürzester Zeit für ihn zubereitet.

Hier sollte er seine Privatsphäre jedoch nicht lange genießen. Im letzten Moment, als er sich in Begleitung des Jungen zum Essen setzte, war draußen ein geschäftiges Treiben zu hören. Die Stimme von jemandem, der den Vermieter ohne Maß beurteilte, wurde hörbar, und der Lärm wurde lauter, als der Lautsprecher die Treppe hinaufstieg. Plötzlich wurde eine Hand auf den Riegel gelegt, die Tür wurde aufgerissen und ein Herr betrat den Raum, dessen stolzierende Miene und wütende Gesten zeigten, dass er entschlossen war, wieder Fuß zu fassen. Eine maskierte Dame im Reisegewand folgte ruhiger; und im Hintergrund waren drei oder vier Diener zu sehen, zusammen mit dem unglücklichen Wirt, der ganz offensichtlich zwischen der Angst vor seinem geheimnisvollen Gast und den Ansprüchen der Neuankömmlinge gespalten war.

Der Astrologe erhob sich langsam von seinem Platz. Sein eigenartiges Aussehen, seine Statur und Schlankheit und seine schwarze Kleidung, die Fremde stets beeindruckten, verblüfften den Eindringling etwas. Er zögerte, nahm seinen Hut ab und begann sich verspätet zu entschuldigen. „Ich bitte um Verzeihung, Sir", sagte er ungnädig, „aber wir reiten nach dem Abendessen weiter. Wir bleiben hier nur zum Essen, und man sagt uns, dass es in keinem anderen Raum auch nur ein gewisses Maß an Leere gibt."

„Gerne geschehen, Herr de Vidoche ", antwortete der Mann in Schwarz.

Der Eindringling zuckte zusammen und runzelte die Stirn. „Du kennst meinen Namen", sagte er höhnisch. „Aber ich nehme an, es ist Ihre Aufgabe, diese Dinge zu wissen."

„Es ist meine Aufgabe, es zu wissen", antwortete der Astrologe ungerührt. „Wird Madame nicht Platz nehmen?"

„Der Astrologe erhob sich langsam von seinem Platz"

Die Dame verneigte sich, nahm mit ein wenig zitternden Fingern ihre Maske ab und enthüllte ein schönes, kindliches Gesicht, das hübsch und sogar bezaubernd gewesen wäre, wenn es nicht einen Ausdruck von Nervosität gehabt hätte, der ihr gewohnt vorkam. Sie schreckte vor dem Blick des Astrologen zurück, setzte sich so weit von ihm entfernt, wie es der Tisch erlaubte, und tat so, als sei sie damit beschäftigt, ihre Handschuhe auszuziehen. Er war es gewohnt, auf diese Weise empfangen zu werden und das schüchterne Beben vor sich zu sehen; aber es entging ihm nicht, dass auch diese Dame beim Klang der Stimme ihres Mannes zusammenzuckte und, als er sprach, mit der erbärmlichen Miene der Versöhnung zuhörte, die man bei einem ausgepeitschten Hund sehen kann. Sie war blass und an der Seite ihres Mannes schien es ihr an Farbe zu mangeln . Er war ein Mann von außergewöhnlich schönem Äußeren, dunkelhaarig und hartäugig, mit einem hohen, frischen Teint und einer spöttischen Lippe. Seine Kleidung war äußerst modisch, sein fallender Kragen war abgerissen , und seine Hosen waren unterhalb des Knies offen, wo sie mit weiten Stiefeln abschlossen. Ein großer Federbusch hob seinen Hut ab, und er trug sowohl eine Gerte als auch ein Schwert.

Der Astrologe las die Geschichte auf einen Blick. „Madame ist vielleicht von der Reise müde", sagte er höflich.

„Madame ist sehr schnell ermüdet", antwortete der Ehemann und warf mit einem wütenden Grinsen seinen Hut weg, „besonders, wenn sie etwas tut, was ihr nicht gefällt."

„Sie sind für Paris", antwortete Nôtredame offensichtlich überrascht. „Ich dachte, alle Damen mögen Paris. Wenn Madame nun Paris verlassen und aufs Land gehen würde …"

"Das Land!" rief Herr de Vidoche mit einem ungeduldigen Fluch. „Sie würde sich dort begraben, wenn sie könnte!" Und er fügte leise etwas hinzu, dessen Sinn nicht sehr schwer zu erraten war.

Madame de Vidoche zwang sich zu einem Lächeln, das wie eine Frau versuchte, alles zu verdecken. „Natürlich möchte ich Pinatel ", sagte sie schüchtern und blickte auf ihren Mann. „Ich habe so oft dort gelebt."

„Ja, Madame, Sie werden nicht müde, mich daran zu erinnern!" Herr de Vidoche erwiderte hart. Frauen, die Angst vor ihrem Mann haben, sagen alle hundert Mal das Richtige. „Sie werden diesem Herrn gleich sagen, dass ich ein Bettler war, als ich Sie heiratete! Aber wenn ich …"

„Oh, Charles!" sie murmelte leise.

„Das ist richtig! Weine jetzt!" rief er brutal aus. „Aber Gott sei Dank gibt es hier Abendessen. Und nach dem Abendessen fahren wir weiter nach Vernon. Die Straßen sind holprig und du wirst dann etwas anderes zu tun haben, als zu weinen."

Der Mann in Schwarz, der am anderen Ende des Tisches seine Mahlzeit fortsetzte, hörte mit ausdrucksloser Miene zu. Wie sein gesamter Beruf schien er eher dazu geneigt zu sein, zuzuhören als zu reden. Aber als es beim Abendessen nur einen Teller für die beiden gab – ein Fehler, weil das Gasthaus überfüllt war – und Herr de Vidoche lautstark schimpfte, schien er nicht in der Lage zu sein, ein Wort zur Verteidigung des Wirts zu sagen . „Es ist nicht so ungewöhnlich, dass der Ehemann den Teller seiner Frau teilt", sagte er kühl; „Und manchmal gehört noch viel mehr ihr."

Herr von Vidoche blickte ihn einen Augenblick lang an, als wolle er ihn fragen, was ihn das angeht; aber er überlegte es sich anders und sagte stattdessen mit finsterer Miene: „Es ist auch nicht so ungewöhnlich, dass Astrologen Fehler machen."

„Quacksalber", sagte der Mann in Schwarz ruhig.

„Da stimme ich voll und ganz zu", antwortete Herr de Vidoche mit gespielter Höflichkeit. „Ich akzeptiere die Korrektur."

„Dennoch gibt es eins zu sagen", fuhr der Astrologe fort, beugte sich langsam vor und bewegte wie zufällig eine der Kerzen, um sie direkt zwischen Madame und sich selbst zu bringen. „Ich habe es bemerkt, Herr de Vidoche . Sie machen manchmal Fehler bei der Vorhersage von Ehen und sogar Geburten. Aber niemals bei der Vorhersage von – Todesfällen."

Herr de Vidoche , der möglicherweise einen Schlüssel in seiner eigenen Brust hatte, der die volle Bedeutung der Worte des anderen entschlüsselte, zuckte zusammen und sah zu ihm herüber. Was auch immer er in dem blassen, düsteren Gesicht las, das ihm das Entfernen der Kerze völlig offenbarte und in dem die Augen, die lebhaft brannten, einzig lebendig schienen, erschauderte ihn. Er antwortete nicht. Sein Blick senkte sich. Sogar ein wenig von seiner hohen Farbe war in seinen Karos zurückgeblieben. Er setzte sein Essen schweigend fort. Die vier hohen Kerzen auf dem Tisch brannten noch immer schwach. Aber für Herrn de Vidoche schienen sie plötzlich die Kerzen zu sein, die neben einer Leiche brennen. Im Nu sah er ein Zimmer mit schwarzen Vorhängen, ein Bett und darauf eine schweigende, zugedeckte Gestalt – eine Gestalt mit blassem, blondem Haar – die einer Frau . Und dann sah er andere Dinge.

Offensichtlich war der Astrologe kein gewöhnlicher Mann.

Er schien jedoch die Wirkung, die seine Worte hervorgerufen hatten, nicht zu bemerken. Tatsächlich drängte er seine Aufmerksamkeit nicht länger auf Herrn de Vidoche . Er wandte sich höflich an Madame und machte auf den Straßen eine alltägliche Bemerkung. Sie antwortete – unaufmerksam.

„Du siehst meinen Jungen an", fuhr er fort; denn Jehan wartete in der Tür und beobachtete mit ängstlichem, fasziniertem Blick jede Handlung und Bewegung seines Herrn. „Es wundert mich nicht, dass er die Aufmerksamkeit der Damen auf sich zieht."

„Er ist ein hübsches Kind", antwortete sie und lächelte schwach.

„Ja, er sieht gut aus", erwiderte der Mann in Schwarz. „Es gibt eine Sache, die Männer der Wissenschaft verkaufen, die er niemals brauchen wird."

"Was ist das?" fragte sie neugierig und sah den Astrologen zum ersten Mal aufmerksam an.

„Ein Liebes- Philtre ", antwortete er höflich. „Sein Aussehen wird, wie das von Madame, immer seinen Platz einnehmen."

Sie errötete und lächelte ein wenig traurig. „Gibt es solche Dinge?" Sie sagte. „Ist es wahr? – Ich meine, ich dachte immer, es wären Kindergeschichten."

„Nicht mehr als Gifte und Gegenmittel, Madame", antwortete er ernst, „die konservierende Kraft des Salzes oder die zerstörerische Kraft des Schießpulvers. Sie nehmen das Kraut der Königin, Sie niesen; die Droge von Paracelsus, Sie schlafen; Wein, sehen Sie." doppelt. Warum ist das Pulver der Anziehung wunderbarer als diese? Oder wenn Sie nicht überzeugt sind", fuhr er lockerer fort, „schauen Sie sich um, Madame. Sie sehen junge Männer, die alte Frauen lieben, die Hochgeborenen, die sich mit dem Vulgären verbünden, das Hässliche verzaubert das Schöne. Sie sehen hundert unerklärliche Streichhölzer. Glauben Sie mir, wir sind es, die sie machen. Ich spreche ohne Grund", fügte er mit einer Verbeugung hinzu, „denn Madame de Vidoche kann niemals einen anderen Filter als ihre Augen brauchen . " "

Madame, die müßig mit einem Teller herumspielte, ihre Grüße auf dem Tisch, seufzte. „Und doch sagt man, dass es im Himmel Paare gibt", murmelte sie leise.

„Vom Himmel – von den Sternen – beziehen wir unser Wissen", antwortete er im gleichen Ton.

Aber sein Gesicht! – gut, dass sie das nicht gesehen hat! Und bevor noch mehr verging, mischte sich Herr de Vidoche in das Gespräch ein. „Was für ein Blödsinn ist das?" sagte er und sprach grob zu seiner Frau. „Bist du fertig? Dann lass uns diesen schurkischen Vermieter bezahlen und verschwinden. Wenn du die Nacht nicht auf der Straße verbringen willst, heißt das. Wo sind diese dummen Diener?"

Er stand auf, ging zur Tür und rief ihnen zu, kam zurück und nahm unter viel Bewegung und Hektik seinen Umhang und Hut auf. Aber es fiel bei allem, was er tat, auf, dass er dem Astrologen kein einziges Mal in die Augen blickte oder in seine Richtung blickte. Selbst als er ihm ein mürrisches „Gute Nacht" wünschte – beiläufig inmitten der Aufforderung an seine Frau, schnell zu sein – sprach er über seine Schulter hinweg; und er verließ auf die gleiche Art und Weise das Zimmer, offenbar völlig in die Befestigung seines Umhangs vertieft.

Einige wären möglicherweise verletzt gewesen, wenn sie auf diese unbekümmerte Art behandelt worden wären, und einige hätten es vielleicht übel genommen. Aber der Mann in Schwarz tat weder das eine noch das andere. Allein gelassen blieb er erwartungsvoll am Tisch stehen, ein höhnisches Lächeln, das das Licht der Kerzen deutlich auf sein grimmiges Gesicht warf. Plötzlich öffnete sich die Tür und Herr de Vidoche kam in einen Umhang und eine Decke. Ohne den Blick zu heben, blickte er sich im Zimmer um – es schien, als hätte er etwas verloren.

„Ach übrigens", sagte er plötzlich und ohne aufzusehen.

„ *Meine Adresse?* ", warf der Mann in Schwarz mit teuflischer Bereitschaft ein. „Das Ende der Rue Touchet im Quartier du Marais, in der Nähe des Flusses. Wo, glauben Sie mir", fuhr er mit einer spöttischen Verbeugung fort, „ich werde Ihnen mit größter Freude das Horoskop der Madame oder jede andere Kleinigkeit geben, die Sie haben möchten." erfordern."

„Ich glaube, du bist der Teufel!" M. de Vidoche murmelte zornig und seine Wange wurde blass.

„Möglicherweise", antwortete der Astrologe. „In diesem oder einem anderen Fall – *au revoir!* "

Als der Wirt wenig später vorbeikam, um sich bei M. Solomon Nôtredame de Paris für die Unannehmlichkeiten zu entschuldigen , die er ihm widerwillig bereitet hatte, fand er seinen Gast in bester Laune . „Es ist nichts, mein Freund – es ist nichts", sagte Herr Nôtredame freundlich. „Ich fand meine Gesellschaft gut genug. Dieser Herr de Vidoche stammt aus diesem Land und ist, wie ich weiß, ein reicher Mann."

„Durch seine Frau", sagte der Gastgeber vorsichtig. „Ah! so reich, dass sie unser altes Schloss hier wieder aus dem Boden bauen könnte."

„Madame de Vidoche war von Pinatel ."

„Sicherlich. Monsieur weiß alles. Bei Jumiéges im Norden. Ich war einmal dort. Aber sie hat außerdem ein Haus in Paris und, wie ich hörte, Anwesen im Süden – im Perigord."

"Ha!" murmelte der Astrologe. „Schon wieder Perigord. Das ist jetzt seltsam."

KAPITEL IV.

DAS HAUS MIT ZWEI TÜREN.

An der Stelle des alten Palais des Tournelles , wo das Turnier stattfand, bei dem Heinrich der Zweite getötet wurde, errichtete Heinrich der Vierte die Place Royale. Sie werden es heute auf keiner Karte von Paris mit diesem Namen finden; Das moderne Frankreich, das keine Geschichte, Traditionen oder Ehrfurcht hat, hat solche Wahrzeichen sorgfältig zugunsten seiner Grévys und Eiffels , seiner Journalisten und Seifensieder gelöscht. Doch obwohl der Place Royale inzwischen sogar seinen Namen verloren hat, war er unter der Herrschaft des dreizehnten Ludwig das Zentrum der Mode. Das Quartier du Marais, in dem es gegenüber der Ile de St. Louis stand, war damals das Gerichtsviertel. Es kam dazu, dass Kutschen unter dem Adel zum allgemeinen Gebrauch wurden, Halskrausen und Primero eingeführt wurden und noch viele andere merkwürdige Dinge, wie zum Beispiel die Hofviertel jener Zeit, zu sehen waren.

Die Hintertreppe eines Palastes ist jedoch selten ein schöner oder brillanter Ort; oder wenn man sie überhaupt als brillant bezeichnen kann, ist ihre Helligkeit von etwas grellem und gespenstischem Charakter. Die Vergnügungen des Königs – zweifellos sehr königlich und natürlich und, wenn man sie von der richtigen Seite aus betrachtet, ziemlich attraktiv – haben eine andere Seite; und diese Seite ist in Richtung der Hintertreppe. Ebenso verhält es sich mit dem Gericht und seinen Purlieus. Sie sind die raue Seite des Stoffes, die Unterseite des Mooses, der Krebs unter dem hellen Leinen. Geheimnisse sind dort keine Geheimnisse; und so war es schon immer. Dinge, die De Thou nicht wusste und die Brantôme nur vermutete, waren dort ein Begriff. Sie in der Unterwelt des Hofes wussten alles über die mysteriöse Krankheit, an der Gabrielle d'Estrées starb, nachdem sie bei Zamet eine Zitrone gegessen hatte – alles mehr, als wir jetzt wissen oder jemals gedruckt wurden. Dieser kleine Messerstich, der den zweiten Mittwoch im Mai 1610 zu einem denkwürdigen Tag in der Geschichte machte, war einen Monat zuvor dort unten ein Gerede gewesen. Der Tod Heinrichs von Condé, Mazarins Heirat, D'Eons Geschlecht, Cagliostros Geburt waren keine Geheimnisse in den Nebenstraßen des Louvre und des Petit Trianon. Er, der schrieb: „Unter dem Ruhestein des Königs sind viele Kakerlaken", kannte seine Welt – eine düstere, hässliche, bösartige, gefährliche Welt.

Wenn überhaupt eine Straße im damaligen Paris dazu gehörte, dann die Rue Touchet ; eine kleine Straße, eine Viertelmeile vom Place Royale entfernt, am Rande des Quartier du Marais. Die Häuser auf der einen Straßenseite standen mit dem Rücken zum Fluss, von dem sie nur durch ein paar Schritte schmutziges Ufer getrennt waren. Diese Häuser waren älter als die gegenüberliegende Reihe, unregelmäßig gebaut und mit hohen Giebeln und schiefen Schornsteinen versehen. Hier und da führte ein von Käfern durchzogener Durchgang unter ihnen zum Fluss; und jede zweite war eine Taverne oder Schlimmeres. In den beiden größten befanden sich eine Fechtschule und eine Spielhölle . Im Südwesten endete die Straße in einer *Sackgasse* , die von einem gedrungenen Steinhaus abgeschlossen wurde, das aus den Ruinen eines alten Wassertors erbaut worden war, das einst dort gestanden hatte. Die Fensterläden dieses Hauses waren nie offen , die Tür wurde bei Tageslicht selten geöffnet. Es war der Wohnsitz von Solomon Nôtredame . Ungefähr einmal in der Woche konnte man die düstere Gestalt des Astrologen beim Betreten oder Verlassen sehen, und Männer an den Türen der Taverne zeigten auf ihn, und schlampige Frauen, die sich aus dem Fenster lehnten, bekreuzigten sich. Aber nur wenige in der Rue Touchet wussten, dass das Haus eine zweite Tür hatte, die sich nicht wie die Hintertüren der Häuser am Flussufer zum Wasser hin öffnete, sondern zu einer ruhigen Straße, die dorthin führte.

Herrn Nôtredame war in der Tat ein Doppelhaus und diente zwei Arten von Kunden. Große Damen und Höflinge, Frauen in langen Roben und Stadtdamen kamen in der ruhigen Straße an die Tür und wussten nichts von der Rue Touchet . Durch letztere hingegen kamen diejenigen, die mit Mehl, wenn nicht mit Malz, bezahlten; Lakaien und Dienstmädchen und lauernde Lehrlinge und Hauptleute – der Abschaum des Viertels, durchnässt von Laster und Verbrechen – und Wissen.

Das Haus war entsprechend eingerichtet. Die Kunden der Rue Touchet fanden den Astrologen in einem Raum, der durch scharlachrote Vorhänge in zwei Teile geteilt war und so angeordnet war, dass er dem Besucher einen teilweisen Blick auf die andere Hälfte gewährte, wo der düstere Schein eines Ofens Destillierkolben und Tiegel, Mörser und Retorten enthüllte. eine Vielzahl unhandlicher Gefäße und Fläschchen und alle geheimnisvollen Apparate des Alchemisten. Unmittelbar um ihn herum fand der schaudernde Schlingel die Dinge noch auffallender. Über jeder Tür hing eine tote Hand , aus einem Schrank lugte ein Skelett hervor. Ein ausgestopfter Alligator lag ausgestreckt auf dem Boden und schien im flackernden, unsicheren Licht des Ofens jeden Moment zum Leben zu erwachen. Überall waren kabbalistische Zeichen und seltsame Instrumente und Stäbe mit Totenköpfen, Pergamentrollen und monströse Alraunen und eine Fülle solcher Dinge, die den Unwissenden aufdrängen könnten; der, wenn es ihm gefiel, auf einem Sarg sitzen könnte und, wenn er sich amüsieren wollte, eine lebende Kröte zu seinen Füßen fand! Verschwommen gesehen, zusammengedrängt und unverstanden reichten diese Dinge aus, um das Gewöhnliche einzuschüchtern, und hatten schon oft die kühnsten Raufbolde, mit denen sich die Rue Touchet rühmen konnte, in Angst und Schrecken versetzt.

Von diesem Raum aus führte eine kleine Treppe, die oben durch eine starke Tür verschlossen war, zu der Kammer und dem Vorzimmer, in denen der Astrologe seine echten Kunden empfing. Hier wurde alles verändert. Beide Räume waren verhängt, überdacht und mit schwarzen Teppichen ausgelegt: Sie waren riesig, totenähnlich und leer. Im Vorraum befanden sich zwei Hocker und in der Mitte des Bodens eine große Kristallkugel auf einem Bronzeständer. Das war alles, außer der silbernen Hängelampe, die blau brannte und die düstere Düsterkeit des Raumes noch verstärkte.

Der Innenraum, der von sechs Kerzen beleuchtet wurde, die in Wandleuchtern angebracht waren, war fast ebenso kahl. Eine Art Altar am anderen Ende trug zwei große Wälzer, die ständig geöffnet waren. In der Mitte des Bodens befand sich auf einer Ebenholzsäule ein Astrolabium, und der Boden selbst war weiß bestickt mit den Tierkreiszeichen und den zwölf Häusern, die in einem Kreis angeordnet waren. In der Nähe des Altars stand ein Sitzplatz für den Astrologen. Und das war alles. Für die Macht über diejenigen, die ihn hier besuchten, war Nôtredame auf ein höheres Spektrum an Ideen angewiesen; über die subtileren Formen des Aberglaubens, den Einfluss von Trübsinn und Schweigen auf das Gewissen: und vor allem vielleicht über sein Wissen über die Welt – *und sie* .

Inmitten all dessen kam dieser schüchterne, verängstigte kleine Sterbliche, Jehan . Seine Aufgabe war es, die Tür zur ruhigen Straße zu öffnen und diejenigen einzulassen, die anriefen. Unter den schlimmsten Strafen wurde ihm das Reden verboten, so dass die Besucher ihn für dumm hielten. Nach seiner Ankunft lebte er eine Woche lang in einer Welt fast unerträglicher Angst. Die Dunkelheit und Stille des Hauses, die Begräbnislichter und Wandbehänge, die Schädel und Knochen und schrecklichen Dinge, die er sah und auf die er kam, als er sie am wenigsten erwartete, brachten ihn fast um den Verstand. Er schauderte und duckte sich hin und her. Sein Gesicht wurde weiß, und seine Augen blickten so seltsam starr, dass selbst die Verärgerten Mitleid mit ihm gehabt hätten. Mit einem Wort, es wollte das Kind nur ein wenig in den Wahnsinn treiben; Und ohne sein hartes Training und sein Leben im Freien hätte es ihm an wenig gefehlt.

Er hätte fliehen können, denn man vertraute ihm an der Tür und er hätte sie jeden Moment öffnen und entkommen können. Aber Jehan zweifelte nie an der Macht seines Herrn, ihn zu finden und zurückzubringen; und der Gedanke kam ihm nicht in den Sinn. Nach etwa einer Woche überkam ihn, wie bei allen anderen, Vertrautheit. Das Haus wurde weniger furchterregend, die Dunkelheit verlor ihren Schrecken, die Atmosphäre der Stille und des

Grauens ihren ersten lähmenden Einfluss. Er begann besser zu schlafen. Die Neugier trat gewissermaßen an die Stelle der Angst. Er fing an, über den Tierkreiszeichen zu brüten und verstohlene Blicke in den Kristall zu werfen. Die Kröte wurde sein Spielgefährte. Er fütterte es mit Kakerlaken und wollte keine Beschäftigung mehr.

Der Astrologe sah die Veränderung bei dem Jungen und war vielleicht nicht ganz zufrieden damit. Nach und nach unternahm er Schritte, um es einzuschränken. Eines Tages fand er Jehan dabei, wie er mit der *Hingabe* eines Jungen mit der Kröte spielte , das unhöfliche Tier über seine Hände hüpfen ließ und es mit einem Strohhalm kitzelte. Der Junge erhob sich beim Eintreten und schreckte zurück; denn seine Angst vor dem finsteren Gesicht und der stillen Art des Mannes ließ in keiner Weise nach. Aber Nôtredame rief ihn zurück. „Du fängst an zu vergessen", sagte er und musterte das Kind grimmig.

Der Junge zitterte unter seinem Blick, wagte aber nicht zu antworten.

„Wem gehört du?"

Jehan sah hin und her. Schließlich murmelte er mit trockenen Lippen: „Deine."

„Nein, das bist du nicht", antwortete der Mann in Schwarz. „Denken Sie noch einmal darüber nach. Sie haben ein kurzes Gedächtnis."

Jehan und schwitzte. Aber der Mann wollte seine Antwort haben, und schließlich flüsterte Jehan : „Die des Teufels."

„Das ist besser", sagte der Astrologe kalt. "Weißt du was das ist?"

Er hielt eine Glasschüssel hoch. Der Junge erkannte es und seine Haare begannen sich zu sträuben. Aber er schüttelte den Kopf.

„Es ist Weihwasser", sagte der Mann in Schwarz und seine kleinen, grausamen Augen verschlangen den Jungen. "Streck deine Hand aus."

Jehan wagte es nicht, sich zu weigern. „Das wird dich auf die Probe stellen", sagte Nôtredame langsam, „ob du dem Teufel gehörst oder nicht. Wenn nicht, wird dir das Wasser nicht schaden. Wenn ja, wenn du für immer und ewig ihm gehörst, musst du seinen Willen tun und." Vergnügen, dann wird es wie Feuer brennen!"

Beim letzten Wort streute er plötzlich etwas mit einem Pinsel auf die Hand des Jungen. Jehan sprang mit einem Schmerzensschrei zurück, hielt die verbrannte Hand an seine Brust und starrte seinen Meister mit erschreckten Augen an.

„Es brennt", sagte der Astrologe erbarmungslos, „Es brennt. Es ist, wie ich sagte. Du gehörst *ihm* . *Ihm!* Danach, glaube ich, wirst du dich daran erinnern. Jetzt geh."

Jehan ging weg, zitternd vor Entsetzen und Schmerz. Aber die Lektion hatte nicht genau die beabsichtigte Wirkung. Er hatte weiterhin Angst vor seinem Herrn, aber er begann ihn auch zu hassen, mit einem leidenschaftlichen, anhaltenden Hass, der für ein Kind seltsam war. Obwohl er in seiner Gegenwart immer noch zusammenschrumpfte und sich duckte, wurde er hinter seinem Rücken nicht mehr von Angst zurückgehalten. Der Junge wusste keine Möglichkeit, sich zu rächen. Er hatte zu diesem Zweck keine Pläne, er ahnte nicht, dass dies möglich wäre. Aber er hasste es; und als sich die Gelegenheit bot, war er reif, sie zu ergreifen.

„JEHAN sprang mit einem Schmerzensschrei zurück"

Er wurde eingesperrt, wann immer Nôtredame das Haus verließ; und auf diese Weise verbrachte er viele einsame und ängstliche Stunden. Diese führten ihn jedoch letztendlich zu einer Entdeckung. Eines Tages, etwa Mitte Dezember, als er in Abwesenheit des Astrologen im Haus herumstöberte, entdeckte er eine Tür. Ich sage „gefunden", denn obwohl es sich nicht um eine Geheimtür handelte, war sie klein und schwer zu erkennen, da sie sich an der Seite des geraden, schmalen Durchgangs am Ende der kleinen Treppe befand, die von den unteren zu den oberen Kammern führte . Zuerst dachte er, es sei verschlossen, aber als er es genauer untersuchte, entdeckte er, wenn auch nur aus reiner Neugier, den Griff des Riegels, der in einer Aussparung der Platte steckte . Er drückte darauf und die Tür gab ein wenig nach.

Damals hatte der Junge Angst. Er sah, dass es dunkel war, zog die Tür wieder bis zum Türpfosten zu und ging weg, ohne seine Neugier zu befriedigen. Doch nach kurzer Zeit überwand der Wunsch zu wissen, was sich hinter der Tür befand, seine Angst. Er kam mit einer Kerze zurück, drückte erneut auf den Riegel, stieß die Tür auf und trat mit laut klopfendem Herzen ein.

Er hielt seine Kerze hoch und sah einen sehr schmalen, kahlen Schrank, der in die dicke Wand eingelassen war. Und das war alles, denn der Raum war leer – das Einzige, was er enthielt, war eine weiche, raue Matte, die den Boden bedeckte. Der Junge starrte ängstlich um sich und erwartete immer noch etwas Schreckliches, aber sonst war nichts zu sehen. Und allmählich ließen seine Ängste nach und mit ihnen auch seine Neugier, und er ging wieder hinaus.

Als er jedoch an einem anderen Tag an diesen Ort kam, machte er eine Entdeckung. An beiden Wänden sah er ein Stück schwarzen Stoff befestigt – eine kleine Lasche von ein paar Zentimetern Länge und sieben Zentimetern Breite. Er richtete das Licht erst auf eine und dann auf eine andere davon, aber er konnte nichts damit anfangen, bis er bemerkte, dass die unteren Kanten locker waren. Dann hob er einen hoch. Es gab einen langen, schmalen Schlitz frei, durch den er das Laboratorium sehen konnte, mit dem schwach brennenden Feuer, den glitzernden Fläschchen und dem Krokodil, das unaufhörlich vorgab, sich zu erregen . Er hob die andere und fand auch dort einen Schlitz; aber da die Kammer auf dieser Seite – der Raum mit dem Astrolabium – im Dunkeln lag, konnte er nichts sehen. Er verstand es jedoch. Der Schrank war ein Spionageraum, und dies waren Judaslöcher, die so angeordnet waren, dass der Bewohner, der selbst ungehört und unsichtbar war, alles sehen und hören konnte, was auf beiden Seiten von ihm geschah.

Touchet zu verschließen, wenn er das Haus verließ. Aus diesem Grund und weil der Ort verboten war, blieb der Junge am Judasloch stehen und blickte hinein. Zu diesem Zeitpunkt kannte er die meisten seltsamen Dinge, die darin enthalten waren, und der rote Schein des Ofenfeuers verschaffte ihm in seinen Augen eine seltsame Art von Trost. Er lauschte der fallenden Asche und dem Ticken eines Uhrwerks am anderen Ende. Er begann müßig, alles aufzuzählen, was er sehen konnte; aber der Vorhang, der das eigentliche Laboratorium abschloss, warf einen großen Schatten durch den Raum, und diesen versuchte er vergeblich zu durchdringen. Um besser sehen zu können, löschte er das Licht und schaute noch einmal hin. Doch kaum hatte er seinen Blick wieder auf den Schlitz gerichtet, als ein leises, knirschendes Geräusch sein Ohr erreichte. Er zuckte zusammen und hielt den Atem an, aber bevor er einen Finger rühren konnte, öffnete sich die schwere Tür, die zur Rue Touchet führte , langsam einen oder zwei Fuß weit, und der Astrologe kam herein.

Ein paar Sekunden lang starrte der Junge weiter, hatte Angst zu atmen oder sich zu bewegen. Dann ließ er mit Mühe das Tuch über den Schlitz fallen und kroch leise davon.

KAPITEL V.

DAS OBERE PORTAL.

Der Astrologe war nicht allein. Eine große Gestalt, in einen Umhang gehüllt und bis zum Kinn verhüllt, trat hinter ihm ein und wartete neben ihm, während er die Tür verriegelte. Anscheinend hatten sie sich erst auf der Schwelle getroffen, denn nachdem der Fremde sich umgeschaut und schweigend die phantastische Unordnung im Zimmer bemerkt hatte, sagte er mit heiserer Stimme: „Sie kennen mich nicht?“

„Perfekt, Herr de Vidoche “, antwortete der Astrologe und nahm seinen Hut ab.

„Wussten Sie, dass ich Ihnen folgte?“

„Ich bin gekommen, um dir den Weg zu zeigen.“

„Das ist jedenfalls eine Lüge!“ Der junge Adlige erwiderte höhnisch: „Denn ich wusste nicht, dass ich selbst kommen würde.“

„Bis du mich gesehen hast“, antwortete der Astrologe ungerührt. „Wirst du deinen Umhang nicht ausziehen? Du wirst ihn brauchen, wenn du gehst.“

Herr de Vidoche gehorchte unwillig. „Das übliche Handelsgut, wie ich sehe“, murmelte er und blickte sich verächtlich um. „Schädel und Knochen und tote Hände und Galgenseile. Pfui ! Der Ort stinkt. Ich nehme an, das sind die Dinge, die man aufbewahrt, um Kinder zu erschrecken.“

„Einige“, antwortete Nôtredame ruhig – er war damit beschäftigt, eine Lampe anzuzünden – „und einige stehen zum Verkauf.“

"Zu verkaufen?" rief Herr de Vidoche ungläubig. „Wer wird sie kaufen?“

„Das eine und das andere“, antwortete der Astrologe nachlässig. „Nehmen Sie zum Beispiel das hier“, fuhr er fort, wandte sich an seinen Besucher und sah ihn zum ersten Mal an. „Ich gehe davon aus, dass ich in Kürze einen Kunden *dafür* finden werde .“

Herr de Vidoche folgte der Richtung seines Fingers und schauderte gegen seinen Willen. „Das“ war ein Sarg. „Genug davon“, sagte er mit wilder Ungeduld. „Angenommen, Sie steigen von Ihrem hohen Ross und kommen zur Arbeit. Kann ich sitzen, Mann, oder lassen Sie mich die ganze Nacht stehen?“

Der Mann in Schwarz brachte zwei Hocker hervor und ging voran hinter den Vorhang. „Hier ist es wärmer“, sagte er, schob einen irdenen Pipkin beiseite und machte mit seinem Fuß einen Platz vor der glühenden Glut frei. „Jetzt stehe ich zu Ihren Diensten, Herr de Vidoche . Bitte nehmen Sie Platz."

"Sind wir alleine?" fragte der junge Adlige misstrauisch.

„Vertrauen Sie mir", antwortete der Astrologe. „Ich kenne mein Geschäft."

Aber Herrn de Vidoche schien es schwer zu fallen, seine Meinung darzulegen; obwohl er eben noch eine so große Wertschätzung für die Zeit gezeigt hatte. Er saß unentschlossen da und warf erst seinem Begleiter böse Blicke zu, dann dem trüben, wütend aussehenden Feuer. Wenn er jedoch erwartete, dass M. Nôtredame ihm helfen würde, kannte er seinen Gastgeber noch nicht. Der Astrologe saß geduldig da und wartete, wobei jeder Ausdruck, bis auf friedvolle Erwartung, aus seinem Gesicht entwichen war.

„Oh, verdammt noch mal!" Der junge Mann ejakulierte endlich. „Haben Sie nichts zu sagen? Sie wissen, was ich will", fügte er gereizt hinzu, „so gut wie ich."

„Ich werde gerne lernen", antwortete der Astrologe höflich.

„Gib es mir ohne weitere Worte und lass mich gehen!"

Der Astrologe zog die Augenbrauen hoch. „Leider! Es gibt eine Grenze der Allwissenheit", sagte er und schüttelte sanft den Kopf. „Es ist wahr, wir haben es auf Lager – um Kinder zu erschrecken. Aber es hilft mir im Moment nicht, Herr de Vidoche ."

Herr de Vidoche blickte ihn böse an. „Ich verstehe. Du willst, dass ich mich verpflichte", murmelte er. Der Schweiß stand ihm auf der Stirn und seine Stimme war heiser vor Wut oder einer anderen Emotion. „Ich war ein Narr, hierher zu kommen", fuhr er fort. „Wenn du es haben musst, möchte ich eine Katze töten; und ich möchte ihr etwas geben."

Der Astrologe lachte leise. „Der Berg hatte Wehen und siehe da, eine Katze!" sagte er in einem amüsierten Ton. „Und siehe da, eine Katze! Nun, ich fürchte, in diesem Fall sind Sie am falschen Ort, Herr de Vidoche . Ich töte keine Katzen. Es besteht kein Risiko, sehen Sie", fuhr er fort und schaute starr auf seinen Begleiter, „und kein Gewinn. Niemand kümmert sich um eine Katze. Der erste Kräuterheilkundler, zu dem Sie kommen, wird Ihnen für ein paar Sous geben, was Sie wollen. Selbst wenn die Kreatur innerhalb einer Stunde schwarz wird und ihr Maul bis zum Nacken reicht." von seinem Hals", fuhr er mit einem schrecklichen Lächeln fort, „wie es bei Madame de Beaufort der Fall war – *cui malo ?* – niemand ist einen Penny schlechter. Aber wenn es darum ginge – ich glaube, ich habe es gesehen Monsieur, der heute in Gesellschaft von Mademoiselle de Farincourt reitet ?

Herr de Vidoche , der seinen Peiniger mit wütenden und entsetzten Augen betrachtet hatte, zuckte bei der unerwarteten Frage zusammen. „Nun", murmelte er, „und was wäre, wenn ich es wäre?"

„Oh, nichts", antwortete der Mann in Schwarz nachlässig. „Mademoiselle ist schön, und Monsieur ist ein glücklicher Mann, wenn sie ihn anlächelt. Aber sie ist von hoher Geburt und stolz, wie man mir sagt." Während er sprach, beugte er sich vor und wärmte seine langen, schlanken Hände am Feuer. Aber seine Knopfaugen verließen nie das Gesicht des anderen.

Herr de Vidoche zuckte unter ihrem Blick. „Verfluche dich!" er murmelte heiser. "Wie meinst du das?"

„Ihre Familie ist ebenfalls stolz, wie ich hörte, und mächtig. Auch Freunde des Kardinals, wie ich gehört habe." Das Lächeln des Mannes in Schwarz glich nichts außer dem des Krokodils .

Herr de Vidoche erhob sich von seinem Platz, setzte sich aber wieder.

„Er würde die Ehre der Familie bis zum Tod rächen", fuhr der Astrologe sanft fort. „Bis zum Tod, würde ich sagen. Finden Sie nicht auch, Herr de Vidoche ?"

Der Schweiß stand in dicken Tropfen auf der Stirn des jungen Mannes und er funkelte seinen Peiniger an. Aber dieser begegnete dem Blick gelassen und schien sich der Wirkung, die er hervorrief, nicht bewusst zu sein. „Es ist schade, deshalb hat Monsieur nicht die Freiheit zu heiraten", sagte er und schüttelte bedauernd den Kopf – „sehr schade. Man weiß nicht, was passieren könnte. Aber andererseits, wenn er nicht geheiratet hätte er wäre jetzt ein armer Mann.

Herr de Vidoche sprang mit einem Fluch auf. Aber er setzte sich wieder.

„Als er heiratete , *war* er ein armer Mann, glaube ich", fuhr der Astrologe fort, wandte zum ersten Mal seinen Blick vom Gesicht des anderen ab und blickte mit einem seltsamen Lächeln ins Feuer. „Und in Schulden. Madame – die jetzige Madame de Vidoche , meine ich – hat seine Schulden bezahlt und ihm, glaube ich, ein Vermögen gebracht."

„Seitdem hat sie ihn nie aufgehört, ihn zweimal am Tag daran zu erinnern!" Der junge Mann weinte mit schrecklicher Stimme. Und dann verlor er in einem Augenblick jegliche Selbstbeherrschung, alle Tarnung, all die schüchterne Gerissenheit, die ihn bisher geprägt hatte. Er sprang auf. Die Adern an seinen Schläfen schwollen an, sein Gesicht wurde rot. So wahr ist es, dass kleine Dinge uns mehr auf die Probe stellen als große, und dass kleine Missstände uns tiefer schaden als großes Unrecht. "Mein Gott!" sagte er zwischen den Zähnen: „Wenn du wüsstest, was ich unter dieser Frau gelitten habe! Blassgesichtiger, blöder Idiot, ich habe sie diese fünf Jahre verabscheut, und ich war an sie und ihre jammernde Art und das Gesicht ihrer Nonne gebunden! Zweimal." am Tag? Nein, zehnmal am Tag, zwanzigmal am Tag, sie hat mich an meine Schulden, meine Armut und meine Nöte erinnert, bevor ich sie geheiratet habe! Und an ihre Familie! Und ihre drei Marschälle! Und sie---- "

Er hielt wegen großer Atemnot inne. „Madame war aus guter Familie?" sagte der Mann in Schwarz plötzlich. Er war plötzlich aufmerksam geworden. Sein Schatten an der Wand hinter ihm war still und mit geradem Rücken.

„Oh ja", antwortete der Ehemann bitter.

„Im Périgord?"

"Oh ja."

„Drei Marschälle von Frankreich?" M. Nôtredame murmelte nachdenklich; aber in seinen Augen lag ein seltsames Leuchten, und er hielt sein Gesicht sorgfältig von seinem Begleiter abgewandt. „Das ist nicht üblich! Damit kann man sich auf jeden Fall rühmen!"

„ *Mon Dieu!* Sie hat damit geprahlt, auch wenn sonst niemand diesen Anspruch zugelassen hat. Und mit ihrem Blut von Roland!" rief Herr de Vidoche voller Verachtung. Seine Stimme zitterte immer noch und seine Hände zitterten vor Wut. Er schritt auf und ab.

„Wie hieß sie vor ihrer Hochzeit?" fragte der Astrologe und beugte sich über das Feuer.

Der junge Mann blieb stehen, in seiner Leidenschaft gefangen – blieb stehen und sah ihn misstrauisch an. "Ihr Name?" er murmelte. „Was hat das damit zu tun?"

„Wenn Sie möchten, dass ich – ihr Horoskop aufstelle", antwortete der Astrologe mit einem listigen Lächeln, „muss ich etwas haben, auf das ich zurückgreifen kann."

„Diane de Martinbault ", antwortete der junge Mann mürrisch; und dann murmelte er in einem neuen Wutausbruch: „Diane! *Diable !* "

„Sie hat ihre Ländereien von ihrem Vater geerbt?"

"Ja."

„Wer hatte einen Sohn? Ein Kind, das früh gestorben ist?" fuhr der Astrologe kühl fort.

Herr de Vidoche sah ihn an. „Das stimmt", sagte er schmollend. „Aber ich verstehe nicht, was es mit dir zu tun hat."

Als Antwort begann der Mann in Schwarz zu lachen, zuerst leise, dann laut – ein heimtückisches Teufelslachen, das eher nach der Freude von Teufeln klang, die sich über eine verlorene Seele lustig machten, als nach menschlicher Heiterkeit, so voller Spott und Spott und Beleidigung. Er machte keinen Versuch, dies zu unterdrücken oder zu verschleiern, sondern schien es dem anderen vielmehr ins Gesicht zu sagen; Denn als der junge Adlige ihn voller Ungeduld fragte, was es sei und was er meinte, antwortete er nicht. Er schrie nur: „Gleich! Gleich, edler Herr, ich schwöre, Sie werden bekommen, was Sie wollen. Aber – ha! ha!" Und dann fing er wieder an zu lachen, lauter und schriller als zuvor.

Herr de Vidoche wurde weiß und rot vor Wut. Sein erster Gedanke war, dass man ihm eine Falle gestellt hatte und dass er in diese Falle getappt war; dass es für das, was er gesagt hatte, Zeugen gegeben hatte; und dass der Astrologe nun die Maske abgeworfen hatte. Mit einem schrecklichen Ausdruck von Scham und Angst auf seinem Gesicht stand er auf Distanz, spähte in die dunklen Ecken, von denen es in diesem Raum viele gab, und erkundete die Schatten. Als niemand erschien und nichts geschah, vergingen seine Ängste, nicht aber seine Wut. Mit der Hand am Schwert wandte er sich heftig gegen seinen Verbündeten. "Du Hund!" sagte er zwischen seinen Zähnen, und seine Augen leuchteten gefährlich im Licht der Lampe, „wisse, dass ich dir für einen Penny die Kehle durchschneiden würde! Und ich werde es auch tun, wenn du nicht sofort dein Hexengrinsen aufhörst! Sind." Wirst du tun, was ich verlange, oder nicht?"

„Chut! Chut!" antwortete der Astrologe und wedelte abfällig mit der Hand. „Das habe ich gesagt, und ich stehe immer zu meinem Wort."

„Ja, aber jetzt – jetzt !" erwiderte der junge Mann wütend. „Du hast lange genug mit mir gespielt. Glaubst du, dass ich die Nacht in deinem Leichenhaus verbringen werde?"

Herr Nôtredame begann zu befürchten, dass er sein grausames Vergnügen zu weit getrieben hatte. Er hatte viel Spaß gehabt und eine unerwartete Entdeckung gemacht: eine, die seinem scharfsinnigen Blick eine endlose Aussicht auf Unheil und Plünderung eröffnete. Aber es war nicht seine Politik, seinen Kunden abzulenken, und er änderte seinen Ton. „Frieden, Frieden", sagte er und streckte demütig die Hände aus. „Du sollst es jetzt haben; jetzt, in diesem Augenblick. Es gibt nur eine kleine Vorabentscheidung."

„Nennen Sie es!" sagte der andere gebieterisch.

„Der Preis. Ein Horoskop mit dem Haus des Todes im Aszendenten —
dem Oberen Portal, wie wir es nennen — beträgt hundert Kronen, M. de
Vidoche . Es besteht das Risiko, sehen Sie."

„Du sollst es haben. Gib mir das-- das Zeug!"

Die Stimme des jungen Mannes zitterte, aber es war vor Wut und
Ungeduld, nicht vor Angst. Der Astrologe erkannte die Veränderung in ihm
und erkannte seine Meinung. Ohne weitere Bedenken ging er zu einem
kleinen Regal in der dunkelsten Ecke des Labors, von wo aus er nach einem
Tiegel griff. Er war gerade dabei, mit dem Rücken zu seinem Besucher
hineinzuschauen, als Herr de Vidoche einen erschrockenen Schrei ausstieß,
auf ihn zusprang und ihn am Arm ergriff. „Du Teufel!" Der junge Mann
zischte — er war blass an den Lippen und zitterte wie unter einem Fieber —
„da ist jemand! Da ist jemand, der zuhört!"

„Für eine Sekunde stand der Mann in Schwarz atemlos da"

Für eine Sekunde stand der Mann in Schwarz atemlos da, seine Hand war angehalten, und der Schatten der Angst seines Begleiters verdunkelte sein Gesicht. Herr de Vidoche zeigte mit zitterndem Finger auf die Treppe, die in den hinteren Teil des Hauses führte, und die beiden richteten ihre düsteren , schuldbewussten Augen darauf. Die Lampe brannte unsicher und verströmte einen Rauchgeruch . Der Raum war voller Schatten, unhöflicher, verzerrter Formen, die sich mit dem Licht hoben und senkten und deren plötzliches Auftauchen und Verschwinden etwas Schreckliches an sich hatte.

Aber überall gab es nichts so Schreckliches oder Hässliches wie die beiden bösartigen, panischen Gesichter, die in die Dunkelheit starrten.

Der Mann in Schwarz war der Erste, der das Schweigen brach. "Was hast du gehört?" Er murmelte ausführlich, nach einer langen, langen Zeit des Wartens und Beobachtens.

„Jemand ist dorthin gezogen", antwortete Vidoche leise. Seine Stimme zitterte immer noch; Sein Gesicht war vor Angst wütend.

"Unsinn!" der andere antwortete. Er kannte den Ort und gewann schnell seinen Mut zurück. „Wie war das für ein Geräusch, Mann?"

„Ein dumpfer, schwerer Ton. Jemand hat sich bewegt."

Herr Nôtredame lachte, aber nicht freundlich. „Es war die Kröte", sagte er. „Hier gibt es kein anderes Lebewesen. Die Tür zur Treppe ist verschlossen. Sie ist auch dick. Ein Dutzend Männer könnten dahinter sein, aber sie würden kein Wort hören, das in diesem Raum vor sich geht. Aber komm, du wirst sehen." ."

Er ging voran zum hinteren Ende des Raumes, bewegte einige der größeren Dinge und zeigte Herrn de Vidoche , dass dort niemand war. Dennoch war der junge Mann nur halb überzeugt. Selbst als die Kröte in einem zu Boden gerollten Schädel lauerte, blickte er sich weiterhin zweifelnd um. „Ich glaube nicht, dass es das war", sagte er. „Sind Sie sicher, dass die Tür verschlossen ist?"

„Versuchen Sie es", antwortete der Astrologe knapp.

Herr de Vidoche tat es und nickte. „Ja", sagte er. „Trotzdem werde ich da rauskommen. Gib mir das Zeug, ja?"

Der Mann in Schwarz hob mit einer Hand die Lampe und nahm mit der anderen zwei winzige gelbe Päckchen aus dem Tiegel. Er stand einen Moment da, wog sie in seiner Hand und sah sie liebevoll an, und schien nicht bereit zu sein, sich von ihnen zu trennen. „Sie sind Macht", sagte er mit einer Stimme, die kaum über einem Flüstern klang. Der Alarm hatte sogar seine Nerven strapaziert und er war nicht mehr ganz er selbst. „Die größte Macht von allen – der Tod. Sie sind der Schlüssel zum Oberen Portal – die wahren Pulvis." Olympicus . Nehmen Sie heute eins, morgen eins in Flüssigkeit ein, und Sie werden für immer weder Hunger noch Kälte, noch Verlangen oder Verlangen mehr verspüren . Der verstorbene König von England nahm einen; aber da, es gehört dir, mein Freund.

"Ist es schmerzhaft?" flüsterte der junge Mann schaudernd und mit abgewandtem Blick.

Der Versucher grinste schrecklich. „Was geht dich das an?" er sagte. „Es wird ihren Mund nicht an ihren Nacken bringen. Das reicht dir, um es zu wissen."

„Es wird nicht erkannt?"

„Nicht von den Stümpern, die man Ärzte nennt", antwortete der Astrologe verächtlich. „Blinde Fledermäuse! Da können Sie mir vertrauen. Woran ist der König von England gestorben? Ein tertianisches Fieber. Das wird auch Madame tun. Aber wenn Sie denken –"

Plötzlich blieb er stehen, die Hand in der Luft, und die beiden standen da und starrten einander mit alarmierten Gesichtern an. Der laute Klang einer Glocke, die im Haus harsch geschlagen wurde, drang traurig an ihre Ohren. „Was ist?" Herr de Vidoche murmelte unruhig.

„Ein Klient", antwortete der Astrologe leise. „Ich werde sehen. Rühre dich nicht, bis ich zu dir zurückkomme."

Herr de Vidoche machte eine ungeduldige Bewegung in Richtung der Tür in der Rue Touchet : und er wäre zweifellos lieber sofort gegangen, da er jetzt bekommen hatte, was er wollte. Aber der Mann in Schwarz schloss bereits die Tür am oberen Ende der kleinen Treppe auf, und Herr de Vidoche gab sich mit einem mürrischen Fluch zufrieden und wartete. Mit finsterem Blick versteckte er die Pulver an seinem Körper.

*   *   *   *   *

Er dachte, er sei allein. Dennoch lag nur wenige Meter von ihm entfernt ein Junge mit weißem Gesicht, der jede seiner Bewegungen beobachtete und auf seinen Atem lauschte – ein kleiner Junge, instinktiv von Hass und Abscheu erfüllt. Straflosigkeit macht die Menschen leichtsinnig, sonst wäre Herr Nôtredame nicht so bereit gewesen, den Lärm, den sein Verbündeter der Kröte machte, niederzuschreiben. Das Judasloch und der Spionageort wären ihm in den Sinn gekommen, und im Handumdrehen hätte er den Zuhörer auf frischer Tat ertappt, und diese Geschichte wäre nie geschrieben worden.

Denn Jehan hatte es nicht geschafft, sich lange von seinem Posten fernzuhalten, obwohl sein erster Auftritt und sein erstes Erscheinen ihn atemlos und panisch in die Flucht getrieben hatten. Das Haus war langweilig, still und dunkel; nur im Schrank war Vergnügen zu finden. Während ihn also der Schrecken in die eine Richtung zog, drängte ihn die Neugier in die andere Richtung und errang schließlich den Sieg. Er lauschte und zitterte am oberen Ende der Treppe, bis das schrille, unheimliche Gelächter, dem sich der Astrologe hingab und für das er teuer bezahlen sollte, sogar durch die dicke Tür drang. Dann konnte er es nicht länger aushalten. Seine Neugier wurde unerträglich. Lachen! Gelächter in diesem Haus! Langsam und heimlich öffnete der Junge die Tür des dunklen Schranks und schlich hinein. Kaum war er über der Schwelle, stolperte er über die erloschene Kerze, und das war es, was Monsieur de Vidoche beunruhigte .

Jehan glaubte entdeckt zu werden und lag schwitzend und zitternd da, bis die Suche nach der Kröte beendet war. Dann setzte er sich auf, und da er sich in Sicherheit befand, begann er zuzuhören. Was er hörte, war weder klar noch völlig verständlich; Aber nach und nach schlich sich sogar in sein jungenhaftes Gehirn die Vorstellung von etwas Schrecklichem ein. Die ängstlichen Blicke der Redner, ihre tiefen Töne und dunklen Blicke, die Panik, die sie befiel, als sie glaubten, belauscht zu werden, und ihre Erleichterung, als nichts dabei herauskam, trugen mehr dazu bei, ihm die Überzeugung klar zu machen als ihre Worte. Sogar von diesen fing er genug, um ihm zu versichern, dass jemand vergiftet werden und aus der Welt verbannt werden sollte. Nur der Name des Opfers – das entging ihm.

*   *   *   *   *

Wahrscheinlich fand Herr de Vidoche , sich selbst überlassen, seine Gedanken in schlechter Gesellschaft, denn mit der Zeit wurde er unruhig. Er ging durch den Raum und lauschte, und ging noch einmal und lauschte. Die letztere Bewegung brachte ihn zufällig an den Fuß der kleinen Treppe von sechs Stufen, über die sich der Astrologe zurückgezogen hatte, und als er aufblickte, sah er, dass die Tür oben angelehnt war. Getrieben von Neugier oder Misstrauen oder dem bloßen Wunsch, vor sich selbst zu fliehen, schlich er sich heran, öffnete die Tür noch weiter, steckte den Kopf hinein und lauschte.

Er blieb etwa eine Minute in dieser Position. Dann drehte er sich um, kroch wieder hinunter und stand nachdenklich am Fuß der Treppe, mit einem Ausdruck so völliger Verwunderung auf seinem Gesicht, dass er den Mann fast verwandelte. Etwas, das er gehört oder gesehen hatte, was er nicht verstehen konnte! Etwas Unglaubliches, fast Wunderbares! Denn alles andere, selbst seine schuldigen Absichten, schien in purer Verwunderung untergegangen zu sein.

Die Benommenheit hielt ihn fest, bis er die Schritte des Astrologen hörte. Selbst dann drehte er sich nur um und schaute. Aber wenn jemals dumme Lippen eine Frage stellten, dann tat er es.

Der Mann in Schwarz nickte stumm. Er schien überhaupt nicht überrascht, dass der andere gehört oder gesehen hatte, was er hatte. Sogar in ihm hatte das Ding, was auch immer es war, eine Veränderung bewirkt. Seine Augen leuchteten, seine Augenbrauen waren hochgezogen, sein Gesicht zeigte ein blasses Lächeln des Triumphs und der Einbildung.

Herr de Vidoche fand endlich seine Stimme: „Meine Frau!" er flüsterte.

Die Schultern des Astrologen reichten bis zu seinen Ohren. Er breitete seine Hände aus. Er nickte – einmal, zweimal. "*Mais Oui*, *Madame!*" er sagte.

" Jetzt hier? " stammelte Herr de Vidoche mit großen Augen vor Erstaunen.

„Sie ist in der Kammer des Astrolabiums."

„ *Mon Dieu!* " rief der Ehemann. „ *Mon Dieu!* " Und dann zitterte er für einen Moment, als würde jemand über sein Grab gehen. Sein Gesicht war blass. In seine Überraschung mischte sich Angst. „Ich verstehe nicht", murmelte er schließlich. „Was bedeutet das? Was macht sie hier?"

„Sie ist wegen eines Liebesbriefes gekommen " , antwortete Herr Nôtredame mit einem sphinxgleichen Lächeln.

"Für wen?"

„Für dich."

Der Ehemann holte tief Luft. "Für mich?" er rief aus. "Unmöglich!"

„Möglich", antwortete der Mann in Schwarz leise; "und wahr."

„Was sollst du dann tun?"

„Gib ihr eins", antwortete der Astrologe. Das rätselhafte Lächeln, das die ganze Zeit auf seinem Gesicht gespielt hatte, wurde tiefer, schärfer, grausamer . Seine Augen strahlten vor Triumph – und vor Bösem. „Ich werde ihr eins geben", sagte er noch einmal.

„Aber – was wird sie damit machen?" murmelte Herr de Vidoche .

„ *Nimm es!* Du Narr, kannst du das nicht verstehen?" antwortete der Mann in Schwarz scharf. „Gebt mir die Pulver zurück. Ich werde sie ihr geben. Sie wird sie nehmen – sie *selbst* . Ihr werdet gerettet werden – alle!"

Herr de Vidoche schwankte. "Mein Gott!" er weinte. „Ich glaube, du bist der Teufel!"

„Vielleicht", antwortete der Mann in Schwarz, „aber gib mir die Pulver."

KAPITEL VI.

DAS PULVER DER ANZIEHUNG.

- 49 -

saß Madame de Vidoche ein paar Meter entfernt im Raum des Astrolabiums, wartete und zitterte, hatte Angst, sich von der Stelle zu entfernen, an der der Astrologe sie platziert hatte, und sehnte sich nach seiner Rückkehr. Die Minuten schienen endlos, das Haus ein Grab. Die Stille und das Geheimnis, die sie umgaben, die düsteren Vorhänge, die brennenden Kerzen, die kabbalistischen Gestalten erfüllten sie mit Ehrfurcht und Besorgnis. Sie war eine schüchterne Frau; Nichts als dieser letzte und heftigste Hunger von allen, der Hunger nach Liebe, hätte sie zu diesem verzweifelten Schritt treiben oder hierher bringen können. Aber sie war hier, es hatte sie gebracht; Und obwohl die Angst ihre Wangen erblassen ließ und ihre Glieder unter ihr zitterten und sie es nicht wagte zu beten – denn was tat sie da? –, bereute sie es nicht und wünschte nicht, dass der Schritt ungetan bliebe, noch gab sie ihrem Wunsch nach.

Der Ort war für sie schrecklich; aber nicht so schrecklich wie das kalte Zuhause, die harten Worte, der Spott über die Liebe, das langsam wachsende Wissen, dass es nie Liebe gegeben hatte, der sie entfliehen wollte. Sie war allein, aber nicht einsamer als seit Monaten in ihrem eigenen Haus. Der Mann, der ihr täglich mit Spott und Spott begegnete und selten sprach, ohne sie daran zu erinnern, wie blass und farblos sie neben den blühenden, witzigen Schönheiten des Hofes – *seinen Freunden* – *wirkte* , war immer noch ihr Ein und Alles und war ihr Idol gewesen. Wenn er sie im Stich ließ, war die Welt tatsächlich leer. Es blieb also nur eines; mit allen Mitteln, mit allem, was eine Frau tun oder wagen könnte, mit Unterwerfung, mit Mut, um seine Liebe zurückzugewinnen. Sie hatte es versucht. Gott weiß, dass sie es versucht hatte! Sie hatte sich vor ihn gekniet und er hatte sie geschlagen. Sie hatte sich angezogen und war fröhlich und bemühte sich, so zu scherzen, wie seine Freunde scherzten: Er hatte sie mit einem schneidenden höhnischen Grinsen gegeißelt. Sie hatte gebetet, und der Himmel hatte nicht geantwortet. Sie hatte sich vom Himmel abgewendet – eine weißgesichtige, sehnsüchtige Frau, kaum mehr als ein Mädchen – und sie war hier.

Lass den Mann nur schnell sein! Lass ihn schnell sein und ihr geben, was sie wollte; und dann dürfte kaum ein Preis, den er verlangen konnte, ihre Dankbarkeit belasten. Endlich hörte sie seine Schritte, und einen Augenblick später kam er herein. Vor dem schwarzen Hintergrund und im düsteren Licht der Kerzen sah er größer, schlanker, blasser und düsterer aus als das Leben .

Seine Augen strahlten mit unnatürlichem Glanz . Madame schauderte, als er auf sie zukam; und er sah es und grinste hinter seiner Leichenmaske.

„Madame", sagte er ernst und senkte den Kopf, „es ist so, wie ich gehofft hatte. Venus ist von heute an neun Tage lang im Aszendenten und in glücklicher Konjunktion mit Mars. Ich freue mich, dass Sie auf einmal zu mir kommen." so günstig. Eine sehr kleine Anstrengung in dieser Jahreszeit wird ausreichen. Aber es ist notwendig, wenn Sie den Zauber haben wollen, diesbezüglich absolute Stille und Geheimhaltung zu wahren."

Ihre Lippen waren trocken, ihre Zunge schien an ihrem Mund festzukleben. In der Gegenwart dieses Mannes empfand sie sowohl Scham als auch Angst. Aber sie gab sich Mühe und murmelte: „Wird es klappen?"

„Ich werde mich dafür verantworten!" er antwortete unverblümt, eine Welt voller zweifelhafter Bedeutung in seinem Ton und in seinen Augen. „Es ist das Pulver der Anziehung, mit dem Diane de Poitiers die Liebe des Königs gewann, obwohl sie ihn um zwanzig Jahre übertraf; und Madame de Valentinois eroberte die Herzen der Männer bis zu ihrem siebzigsten Winter. Madame de Hautefort verwendet es. " . Es besteht aus flüssigem Gold, veräthert und mit geheimen Drogen verstärkt. Ich habe zwei Päckchen zusammengestellt, aber es wäre sicherer, wenn Madame beide auf einmal einnehmen würde, in gutem Wein aufgelöst und vor Ablauf des neunten Tages."

Madame de Vidoche nahm zitternd die Pakete entgegen. Ein wenig Rot färbte ihre blassen Wangen. "Ist das alles?" sie murmelte leise.

„Alles, Madame; außer dass Sie beim Trinken an Ihren Mann denken müssen", antwortete er. Als er dies sagte, wandte er sein Gesicht ab; denn so sehr er sich auch bemühte, er konnte das böse Lächeln nicht unterdrücken, das seine Lippen verzog. *Dieu!* Hat es jemals einen so grimmigen Scherz gegeben? Oder so verlassen, so hilflos, so kindisch, ein Narr? Er konnte es fast übers Herz bringen, Mitleid mit ihr zu haben. Was ihren Mann betrifft — ach, wie würde er ihn ausbluten lassen, wenn es vorbei wäre!

„Wie viel soll ich Ihnen bezahlen, Sir?" fragte sie schüchtern, als sie die kostbaren Päckchen in ihrem Busen versteckt hatte. Sie hatte bekommen, was sie wollte; sie sehnte sich danach, weg zu sein.

„Zwanzig Kronen", antwortete er kalt. „Der Zauber gilt neun Monde lang. Danach----"

„Ich werde mehr brauchen?" Sie fragte; denn er hatte innegehalten.

„Naja, nein, ich glaube nicht", antwortete er langsam – seltsam zögernd, fast stammelnd. „Ich denke, in Ihrem Fall, Madame, wird die Wirkung von Dauer sein."

Sie hatte keine Ahnung von dem fantastischen Impuls, dem grässlichen Humor , der die Worte inspirierte; und sie bezahlte ihn gerne. Er wollte das Geld nicht in die Hand nehmen, sondern befahl ihr, es auf das große offene Buch zu legen, „weil das Gold legiert und nicht jungfräulich war." Auf ein oder zwei andere Arten spielte er seine Rolle; Sie weist sie beispielsweise an, jeden Abend eine halbe Stunde lang auf den Planeten Venus zu blicken, wenn sie die Stärke des Zaubers erhöhen möchte, jedoch nicht durch Glas oder mit Metall an ihrem Körper. Und dann ließ er sie durch die Tür hinaus, die auf die ruhige Straße führte.

„Madame hat zweifellos ihre Frau oder einen Diener?" sagte er und blickte von oben bis unten. „Oder ich----"

"Oh ja ja!" antwortete sie und keuchte in der kalten Nachtluft. „Sie ist hier. Gute Nacht, Sir."

Er murmelte einige Worte in einer fremden Sprache, und als der Diener von Madame de Vidoche aus dem Schatten trat, um sie zu treffen, drehte er sich um und ging wieder hinein.

Die Nacht war sowohl dunkel als auch kalt, aber Madame achtete im ersten Anflug ihrer Stimmung nicht darauf. Sie ließ sich von ihrer Dienerin warm einhüllen und den Umhang fester um ihren Hals ziehen; aber sie war sich der Aufmerksamkeit kaum bewusst und ertrug sie wie ein Kind – schweigend. Ihre Augen leuchteten in der Dunkelheit; Ihr Herz schlug mit sanfter, subtiler Freude. Sie hatte den Charme – den Schlüssel zum Glück! Es war in ihrem Busen; Und jeden Augenblick flogen ihre Finger im Schutz des Umhangs und der Nacht zu ihr und versicherten ihr, dass sie in Sicherheit sei. Die Skrupel, mit denen sie an das Gespräch gedacht hatte, bereiteten ihr keine Sorgen mehr. In ihrer Freude und Erleichterung darüber, dass die Tortur vorbei war und der Alkohol gewonnen hatte, kannte sie keinen Zweifel, keinen Verdacht. Sie lebte nur für den Moment, in dem sie den Talisman auf die Probe stellen und sehen konnte, wie die Liebe in diesen Augen wieder erwachte, die das Schicksal, ob sie nun lächelten oder finster blickten, zu den Magneten ihres Lebens gemacht hatte.

Aufgrund der Kälte war es auf den Straßen recht ruhig. Niemand bemerkte die beiden Frauen, als sie im Schutz der Mauer entlanghuschten. Plötzlich jedoch begann die Glocke einer Kirche in der Nähe zum Gottesdienst zu läuten, und der Klang erschreckte Madame und brachte sie plötzlich, kühl und scharf wieder auf die Erde. Sie stoppte. "Was ist das?" Sie sagte. „Es kann nicht vollständig sein. Es braucht drei Stunden Mitternacht."

„Es ist Thomastag", antwortete die Frau bei ihr.

„So ist es", antwortete Madame und ging wieder weiter, aber langsamer. „Natürlich; es sind noch vier Tage bis Weihnachten. Nennt man ihn nicht den Apostel des Glaubens, Margot?"

"Ja, Madame."

„Natürlich", erwiderte Madame nachdenklich. „Natürlich; ja, wir sollten Glauben haben – wir sollten Glauben haben." Und damit richtete sie sich wieder auf (wie es Menschen in bestimmten Stimmungen mit den seltsamsten Schwimmern tun) und ging fröhlich weiter, ihre Füße stolperten nach Herzenslust und ihre Hand auf dem kostbaren Päckchen, das die Welt verändern sollte für Sie. Auf dem schmutzigsten Schlamm schimmert manchmal die hellste Phosphoreszenz: Sonst wäre es nicht leicht vorstellbar, wie das Haus in der Rue Touchet auch nur für einen Moment glücklich sein könnte !

Die beiden Frauen hatten fast die Kirche St. Gervais an der Grève erreicht , als das Dienstmädchen das Geräusch eines schnellen, verstohlenen Schrittes hörte, der hinter ihnen die Straße entlangkam. Nachts und an diesem Ort war es kein beruhigendes Geräusch. Vor ihnen lag das dunkle Quadrat der Grève , vom eisigen Wind des Flusses gefegt; und obwohl mitten im Freien ein Kohlenbecken brannte, umgeben von einer Gruppe Wachmänner, zögerten die beiden Frauen, sich dort zu zeigen, wo sie auf Unhöflichkeit stoßen könnten. Margot legte ihre Hand auf den Arm ihrer Herrin, und einige Sekunden lang standen die beiden da und lauschten mit klopfendem Herzen. Der Schritt kam – ein leichter, trampelnder Schritt. Aus einem gemeinsamen Impuls heraus drehten sich die Frauen um und sahen einander an. Dann schlüpften sie lautlos in den Schatten, den die Kirchenvorhalle warf, drückten sich an die Wand und wagten kaum zu atmen.

Aber das Glück war gegen sie, oder das Auge ihres Anhängers war über das Übliche hinaus scharf. Sie waren noch nicht viele Sekunden da, da kam er angerannt – eine gebückte Gestalt, schlank und klein. Er verlangsamte abrupt seine Geschwindigkeit und blieb genau gegenüber ihrem Versteck stehen. Ein Moment der Spannung, und dann blickte ein blasses Gesicht, das durch den Schein des fernen Feuers sichtbar wurde, zu ihnen herein, und eine dünne, keuchende Stimme murmelte schüchtern: „Madame! Madame de Vidoche, bitte ! "

„'MADAME! MADAME DE VIDOCHE, WENN SIE BITTE!'" (*S.* 112)

„Saint Siege !" Madames Frau keuchte mit erstaunter Stimme. „Ich erkläre, dass es ein Kind ist!"

Madame hätte vor Erleichterung fast gelacht. "Ah!" Sie sagte: „Wie du uns erschreckt hast! Ich dachte, du wärst ein Mann, der uns verfolgt – ein Dieb!"

„Das bin ich nicht", sagte der Junge schlicht.

Diesmal lachte Margot. "Wer bist du dann?" fragte sie und trat zügig hinaus. „Und warum sind Sie uns gefolgt? Sie scheinen den Namen meiner Dame ganz genau zu kennen", fügte sie scharf hinzu.

„Ich möchte mit ihr sprechen", antwortete der Junge mit zitternder Lippe. Tatsächlich zitterte er am ganzen Körper vor Angst und Aufregung. Aber die Dunkelheit verbarg das.

"Oh!" sagte Madame de Vidoche gnädig. „Nun, Sie dürfen sprechen. Aber sagen Sie mir zuerst, wer Sie sind, und beeilen Sie sich. Es ist kalt und spät."

„Ich komme aus dem Haus, in dem du warst", antwortete Jehan tapfer. „Sie haben mich auch in Les Andelys gesehen , als Sie beim Abendessen waren, Madame. Ich war der Junge an der Tür. Ich möchte bitte allein mit Ihnen sprechen."

"Allein!" rief Madame.

Der Junge nickte fest. „Bitte", sagte er.

„Hoity-toity!" rief Margot aus; und sie war dafür, zu widersprechen. „Er will nur betteln", sagte sie.

"Ich tu nicht!" schrie der Junge mit Tränen in der Stimme.

„Dann ist es ein Geschenk, das er will!" sie erwiderte verächtlich. „An diesen Orten erwarten sie ihre Täler. Und wir sollen erstarren, während er eine Geschichte erzählt."

Aber Madame hörte ihn aus Mitleid oder Neugier. Sie forderte die Frau auf, ein paar Schritte entfernt zu warten. Und als sie allein waren: „Nun", sagte sie freundlich, „was ist denn? Ihr müsst schnell sein, denn es ist sehr kalt."

„ *Er* hat mich dir nachgeschickt – mit einer Botschaft", antwortete Jehan

.

Madame zuckte zusammen und ihre Hand wanderte zum Päckchen. „Meinen Sie Herrn Nôtredame ?" sie murmelte.

Der Junge nickte. „Er – er sagte, er hätte etwas vergessen", fuhr er fort, während er zwischen seinen Sätzen innehielt und zitterte. „Er – er sagte, Sie sollten etwas ändern, Madame."

"Oh!" Madame antwortete kühl, ihr Herz sank, ihr Stolz wurde durch dieses Eingreifen des Jungen geweckt, der alles zu wissen schien. „Was für ein Ding, bitte?"

Jehan blickte schnell und ängstlich über seine Schulter. Aber alles war ruhig. „Er sagte, er hätte vergessen, dass Ihr Mann dunkelhäutig sei“, stammelte er.

"Dunkel!" murmelte Madame erstaunt.

„Ja, dunkelhäutig“, fuhr Jehan verzweifelt fort. „Und wenn das so ist, solltest du den – den Zauber nicht selbst nehmen .“

Madames Augen blitzten vor Wut. "Oh!" Sie sagte: „In der Tat! Und ist das alles?“

„Aber es ihm zu geben, ohne es ihm zu sagen “, entgegnete der Junge mit plötzlichem Elan und Entschlossenheit.

Madame zuckte zusammen und holte tief Luft. „Sind Sie sicher, dass Sie keinen Fehler gemacht haben?“ sagte sie und versuchte, das Gesicht des Jungen zu lesen. Aber dafür war es zu dunkel.

„Ganz sicher“, antwortete er hart.

„Oh“, sagte Madame langsam und nachdenklich; „Sehr gut. Ist das alles?“

„Das ist alles“, antwortete er und trat einen Schritt zurück; aber widerwillig, wie es schien.

Margot, die die ganze Zeit immer näher und näher gekommen war, kam sofort auf ihn zu. „Nun, Mylady“, sagte sie scharf, „ich bitte Sie, es getan zu haben. Dies ist zu dieser Nachtzeit kein Ort für uns, und dieser kleine Kobold Satans sollte sich um seine Angelegenheiten kümmern. Ich bin sicher, dass ich zugrunde gehe.“ vor Kälte, und das Geräusch dieser knarrenden Boote auf dem Fluss lässt mich an nichts weiter denken als an Galgen und Leichen, bis mir eine Gänsehaut über den Rücken läuft! Und die Wache wird gleich hier sein.“

„Sehr gut, Margot“, antwortete Madame; "Ich komme." Aber sie sah den Jungen immer noch an und blieb stehen. „Sind Sie sicher, dass es nichts anderes gibt?“ sie murmelte.

„Nichts“, antwortete er.

Sie fand sein Verhalten seltsam und fragte sich, warum er blieb; warum er sich nicht beeilte, da die Nacht kalt war und er barhäuptig war. Aber Margot bedrängte sie erneut, und sie drehte sich um und sagte widerstrebend: „Gut, ich komme.“

„Ja, und Weihnachten auch!“ grummelte die Frau. Und dieses Mal nahm sie sie förmlich am Arm und eilte mit ihr weg.

„Das ist keine gute Erwiderung, Margot!" sagte Madame plötzlich, als sie ein paar Schritte gegangen waren und Hand in Hand über die Grève huschten , die Köpfe zum Wind geneigt, „denn bis Weihnachten sind es nur noch vier Tage. Das hatten Sie vergessen!"

„Ich glaube, Ihr seid Feenwesen, Mylady!" antwortete die Frau schlecht gelaunt. „Ich habe Sie in diesen zwölf Monaten nicht so fröhlich gesehen; und angesichts der Kälte und der Angst vor der Wache und Monsieur bin ich kurz davor zu sinken. Sie müssen dort unten gute Neuigkeiten gehört haben."

Aber Madame antwortete nicht. Sie dachte an letztes Weihnachten. Ihr Mann war zu den Feierlichkeiten im Palais Cardinal gegangen, das damals noch im Bau war. Sie hatte angeboten, mit ihm zu gehen, und er hatte ihr unter einem Eid gesagt, dass sie sich daran erinnern sollte, wenn sie es täte . Also war sie allein zu Hause geblieben – ihr erstes Weihnachtsfest in Paris. Sie war zur Messe gegangen und hatte dann den ganzen Tag in dem kalten, prächtigen Haus gesessen und geweint. Die Hälfte der Bediensteten hatte geschwänzt, und ihre Frau war verärgert gewesen, und stundenlang war niemand in ihre Nähe gekommen.

Dieses Weihnachten sollte es anders sein.

Madames Augen begannen wieder zu leuchten und ihr Herz begann angenehm zu schlagen. Wenn sie ihr Testament hätte, würden sie weder an Festspielen noch an Festen teilnehmen. Aber dann gefielen ihm solche Dinge und er zeigte darin seine Stärken. Ja, sie würden gehen, und sie würde mucksmäuschenstill sitzen; und als sie zuhörte, während sie ihn lobten, nährte sie sich die ganze Zeit von dem süßen Wissen, dass er nun ihr gehörte – ihr Eigentum.

Sie hatte noch nicht mit dem Träumen fertig, als sie das Haus erreichten. Der Pförtner döste in seiner Hütte, das Tor stand offen. Sie schlüpften in den dunklen, stillen Hof und betraten das Haus, indem sie darüber huschten. Zwei Diener lagen ausgestreckt und schlafend im Flur, und in einem kleinen Raum links von der Tür konnten sie andere reden hören; aber niemand schaute hinaus. Das Glück hätte ihnen nicht besser helfen können. Mit einem kleinen Lachen der Erleichterung und Dankbarkeit stolperte Madame die große Treppe hinauf und unter die große Lampe, die sie und den Flur beleuchtete.

Grève gefolgt war , durch Straßen, Gassen und Nebenwege; sogar, nach kurzem Zögern, über die Schwelle des Gerichts und ins Haus. Ein Diener, der die Treppen knarren hörte, als sie hinaufstiegen, und hinausschaute, bildete sich ein, eine kleine schwarze Gestalt oben außer Sichtweite verschwinden zu sehen; Aber da es keine Kinder im Haus gab und es sich hier um ein Kind handelte, glaubte er, seine Augen hätten ihn getäuscht – er war im Halbschlaf – und ging, bekreuzigte sich, gähnend zurück.

Der Junge konnte nie ganz erklären, was ihn dazu brachte, dieses Risiko einzugehen, obwohl er später oft danach gefragt wurde. Allerdings wagte er es nicht, in die Rue Touchet zurückzukehren ; und er war erst zwölf Jahre alt und wusste nirgendwo anders hin. Aber---- Das ist jedoch alles, was man sagen kann. Er folgte ihnen.

Er blieb am Kopfende der Treppe stehen und stand zitternd unter der großen Lampe. Vor ihm hingen zwei schwere Vorhänge. Nach einem Moment des Zögerns schlich er zwischen ihnen hindurch und fand sich in einer prächtigen Wohnung wieder, geräumig, wenn auch spärlich möbliert, vom Dach beleuchtet und halb Flur, halb Wohnzimmer . Vor ihm stand ein hoher Marmorkamin im neuen italienischen Stil, und auf beiden Seiten befanden sich zwei hohe Türen, die durch Vorhänge abgeschirmt waren. Der Boden war aus Parkett, die Wände waren mit Kastanienholz verkleidet . Auf beiden Seiten des Feuers, das tief zwischen den Hunden schwelte und fast erloschen war, verlief eine lange, mit Samt bezogene Bank an der Wand entlang. Ein Trinkbecher stand auf einem Dreibein am Herd, und in der Mitte des Raumes stand auf einem Marmortisch eine Schüssel mit Süßigkeiten und ein Tablett mit Fläschchen und Gläsern. Damals, als man um elf zu Abend aß und um sechs zu Abend aß, war es Brauch, *Les épices et le vin du coucher zu sich zu nehmen* , bevor man um neun in den Ruhestand ging.

Der Junge stand kauernd da und lauschte – eine seltsame, blasse kleine Gestalt, die sich in einem schmalen Spiegel spiegelte, der eine Wand schmückte. Selbst hier war es sehr kalt; draußen muss er vor Kälte sterben. Er hörte, wie sich die beiden Frauen in einem der Räume auf der linken Seite bewegten und redeten; sonst war das Haus still. Er sah sich um, zögerte und schlich schließlich auf Zehenspitzen über den Boden zu einer der Türen zu seiner Rechten. Der Vorhang, der es verbarg, hing einen Meter über dem Boden. Er setzte sich zwischen Tür und Tür, wickelte eine Ecke des dicken, schweren Stoffes um seine gefrorenen Glieder und stieß einen erleichterten Seufzer aus. Er hatte eine Art Zuflucht gefunden.

Er wollte schlafen, konnte es aber nicht, denn alle seine Nerven waren vor Aufregung angespannt. Kein Laut im Haus entging ihm. Er hörte, wie die weiche Asche auf den Herd sank; Er hörte, wie sich einer der Männer, die im Flur schliefen, umdrehte und im Schlaf stöhnte. Endlich öffnete sich ganz in seiner Nähe eine Tür.

Jehan bewegte sich ein wenig und spähte aus seinem Hinterhalt. Der Lärm kam aus Madames Zimmer. Er war nicht überrascht, als er sah, wie sie ihr Gesicht herausstreckte. Dann schob sie den Vorhang ganz beiseite, kam heraus, blieb ein wenig von ihm entfernt stehen und lauschte aufmerksam.

Sie trug ein lockeres Gewand aus weichem Stoff, und er bildete sich ein, sie sei barfuß, denn sie bewegte sich geräuschlos.

Sie stand eine ganze Minute lang da und hörte zu, die Hand an die Brust gelegt. Dann nickte sie, als wäre sie überzeugt, dass alles in Ordnung sei, und ging zum Tisch und blickte auf die Dinge, die darauf lagen. Ihr Gesicht zeigte ein subtiles Lächeln, ihre Wangen glühten sanft, in ihren Augen lag ein schüchternes Funkeln. Die Lampe schien ihr neue Schönheit zu verleihen.

Anscheinend fand sie auf dem Tisch nicht, was sie wollte, denn einen Moment später drehte sie sich um und ging zum Kamin. Sie nahm den Becher vom Untersetzer, hob den Deckel des Bechers an und schaute hinein. Was sie sah, schien sie zu befriedigen, denn mit einer schnellen Bewegung trug sie den Becher zum Tisch und stellte ihn offen ab. Sie hatte Jehan nun den Rücken zugewandt, und er konnte nicht sehen, was sie tat, obwohl er jede ihrer Bewegungen beobachtete und teilweise vermutete. Als sie ausgetrunken hatte , hob sie die Tasse an ihre Lippen und das Herz des Jungen blieb stehen. Ja, stand still! Er stand halb auf, sein Gesicht war weiß. Aber er hat sich geirrt. Sie küsste nur den Wein, deckte ihn zu und trug ihn zurück zum Untersetzer, wobei sie etwas darüber murmelte, während sie ihn abstellte.

Er beobachtete jede ihrer Bewegungen.

Der Junge lag still, wie fasziniert, während Madame, zwei kleine Seidenbeutel an ihre Brust gepresst, zur Tür zurückschlich. Als sie mit einer Hand den Vorhang hochzog, drehte sie sich plötzlich um und küsste die andere in Richtung Kamin. Langsam fiel der Vorhang und verdeckte ihre leuchtenden Augen.

Kapitel VII.

CLYTÆMNESTRA.

Sie war kaum verschwunden, als der Junge, der gespannt lauschte, hörte, wie die große Tür unten aufgerissen wurde, und instinktiv wieder hinuntersank. Von unten stieg ein Hauch kalter Luft auf. Eine raue Stimme – eine Stimme, die er kannte – verfluchte jemanden oder etwas im Flur, ein schwerer Schritt taumelte die Treppe hinauf, und einen Augenblick später drängte sich Herr de Vidoche, gefolgt von einem schläfrigen Diener, durch die Vorhänge . Er war rot vor Alkohol, aber er war nicht betrunken, denn als er den Raum überquerte, warf er einen schnellen Seitenblick auf die Tür seiner Frau – ein Blick von düsterer Bedeutung; und obwohl er den Diener heftig beschimpfte, weil er das Feuer erlöschen ließ, tat er so, als würde er zuhören, während er sprach, und schwor, sich entspannt zu zeigen.

Der Mann murmelte eine Entschuldigung und fing kniend an, die Glut auszublasen, während Vidoche düster zusah. Er hatte Hut und Umhang nicht abgenommen. „War Madame heute Abend draußen?" sagte er plötzlich.

„Nein, mein Herr."

„Liegt ihre Frau bei ihr?"

"Ja, mein Gebieter."

Einen Moment Schweigen. Dann: „Schneide die Lampe, verfluche dich! Siehst du nicht, dass sie erlischt? Willst du mich im Dunkeln lassen? *Sacré!* Das könnte ein Schweinestall sein, so wie es aufbewahrt wird!"

Der Mann war es gewohnt, getreten und misshandelt zu werden, aber es schien ihm, als würden die Launen seines Herrn eine neue Richtung einschlagen. Es war jedoch nicht seine Aufgabe, nachzudenken. Er machte die Lampe zurecht, nahm Umhang und Hut und wollte gehen, als Vidoche ihn erneut zurückrief. „Stell einen Baumstamm auf", sagte er, „und gib mir das zu trinken. *Nom du diable* , es ist kalt! Du fauler Hund, du hast geschlafen!"

Der Mann schwor, dies nicht getan zu haben, und Herr de Vidoche hörte sich seine Proteste an, als ob er sie gehört hätte. In Wirklichkeit waren seine Gedanken mit anderen Dingen beschäftigt. Wäre es heute Abend oder morgen oder am nächsten Tag? fragte er sich düster. Und wie würde es sie nehmen? Würde er da sein oder würden sie kommen und es ihm sagen? Würde sie mit dem Priester an ihrer Seite langsam erkranken und verblassen und scheinbar an einer gewöhnlichen Krankheit sterben? Oder würde er in der Nacht aufwachen, um sie schreien zu hören, und gerufen werden, um zu sehen, wie sie sich unter Folter windet, nach Luft schnappt, würgt und sie anfleht, sie zu retten – um sie vor diesem schrecklichen Schmerz zu retten? Gott! Der Schweiß brach ihm auf der Stirn aus. Er zitterte. "Gib mir das!" murmelte er heiser und streckte eine zitternde Hand aus. „Gib es mir, sage ich!"

Der Mann wärmte gerade die Tasse, aber er stand hastig auf und reichte sie.

„Stellen Sie Licht in mein Zimmer! Und horchen Sie – Sie werden heute Nacht dort schlafen. Mir geht es nicht gut. Gehen Sie und holen Sie Ihren Strohhalm und beeilen Sie sich."

Vidoche hörte mit dem Becher in der Hand zu, während der Mann hinunterging, eine Kerze und einige Decken aus dem Flur holte und, als er wieder hinaufkam, eine der Türen auf der rechten Seite öffnete – nicht die, an der der Junge lag. Der Diener ging in das Zimmer und beschäftigte sich dort eine Zeit lang, während der Herr mit düsterem Gesicht am Feuer hockte und nachdachte. Er versuchte, seine Gedanken auf den Farincourt zu richten und darauf, was danach passieren würde, und auf ein Dutzend Dinge, mit denen sich sein Geist in letzter Zeit nur allzu gern beschäftigt hatte. Aber jetzt würden seine Gedanken nicht geordnet sein. Sie kehrten immer wieder zur Tür zu seiner Linken zurück. Er ertappte sich dabei, wie er zuhörte, wartete und schief darauf blickte. Und das könnte tagelang so weitergehen. *Dieu!* Das Haus wäre eine Hölle! Er würde verschwinden. Er würde irgendeinen Vorwand finden, um bis – bis nach Weihnachten zu gehen.

Er zitterte, verfluchte sich leise, weil er ein Narr war, und trank die Hälfte des Glühweins in einem Zug aus. Als er die Tasse von seinen Lippen nahm, hörte sein Ohr ein leises Geräusch hinter sich, und er zuckte zusammen und spähte hastig über seine Schulter. Aber der Lärm kam offenbar aus dem Nebenzimmer, wo der Diener umherging; und mit einem weiteren Fluch leerte Vidoche den Becher und stellte ihn auf den Tisch.

Er hatte es kaum getan, als er sich plötzlich aufrichtete und einen Moment in dieser Position verharrte, den Mund halb geöffnet und die Augen funkelnd. Eine Art Krampf erfasste ihn. Seine Zähne schlossen sich mit einem Klicken. Er taumelte und klammerte sich am Tisch fest. Sein Gesicht wurde rot-violett. Sein Gehirn schien zu platzen; seine Augen füllten sich mit Blut. Er versuchte zu weinen, Alarm zu schlagen, zu Atem zu kommen, aber seine Kehle wurde in einem eisernen Schraubstock festgehalten. Er würgte und schwankte auf den Beinen, als der Mann zufällig aus dem Schlafzimmer kam.

Mit enormer Anstrengung sprach Vidoche . "Wer hat das gemacht?" murmelte er mit zischender Stimme.

Der Diener zuckte zusammen, erschrocken über sein Aussehen. Er antwortete jedoch, dass er es selbst gemischt habe.

„Sehen Sie sich den Boden der Tasse an!" Vidoche antwortete mit schrecklicher Stimme. Er schwankte hin und her und hielt sich nur durch seinen Halt am Tisch aufrecht. „Ist da – irgendetwas?"

Der Diener hatte schreckliche Angst, aber er hatte den Verstand, zu gehorchen. Er nahm die Tasse und schaute hinein. „Ist da – ein Pulver – drin?" fragte Vidoche , während ein schrecklicher Krampf seine Gesichtszüge verzerrte.

„Da ist – etwas", antwortete der Mann mit klappernden Zähnen. „Aber lassen Sie mich Hilfe holen, Mylord. Ihnen geht es nicht gut. Sie sind----"

„Ein toter Mann!" schrie der verwirrte Mörder und seine Stimme steigerte sich zu einem Schrei unbeschreiblicher Verzweiflung und Entsetzen. „Ein toter Mann! Ich bin vergiftet! Meine Frau!" Er schwankte bei diesem Wort. Er verlor den Halt am Tisch. „Ha, *mein Dieu!* Gnade! Gnade!" er weinte.

Einen Augenblick später lag er am Boden, krümmte sich auf dem Boden und stieß einen Schrei nach dem anderen aus: Schreie, die so schrecklich waren, dass im selben Moment Türen aufflogen und Schläfer erwachten, und im Nu das Zimmer – obwohl die Lampe erloschen und in seinen Kämpfen umgestürzt lag – war voller Lichter und verängstigter Gesichter und zusammengedrängter Gestalten und Frauen, die sich die Ohren zuhielten und weinten. Die Türen umrahmten weitere Gesichter, im Treppenhaus hallten alarmierende Geräusche. Überall herrschte Aufruhr und ein Wahnsinn eiliger Füße. Einer rannte zum Arzt, ein anderer zum Priester, ein dritter zur Wache. Das Haus schien plötzlich lebendig; ja, selbst der Hof, wo der Portier seinen Posten verlassen hatte und dessen Türen offen standen, war voller starrender Fremder, die zu den Fenstern und den eilenden Lichtern starrten und fragten, wem das Hotel sei, oder antworteten, es sei M. de Vidoches .

„In einem Moment lag er am Boden und krümmte sich auf dem Boden."

Es war gewesen. Aber schon lag der Mann, der so voller Kraft und böser Absicht die Treppe hinaufgegangen war, im Sterben, sprachlos, fast tot. Sie hatten ihn auf eine Palette gehoben, die jemand aus einem Nebenzimmer holte , und an Helfern und bereiten Händen hatte es zunächst nicht gefehlt. Einer löste seine Krawatte, ein anderer sein Wams, und zwei oder drei der Coolsten hielten ihn in seinen Anfällen fest. Doch dann kam das Zauberwort „Gift!" wurde geflüstert; Und einer nach dem anderen zogen sich alle zurück, sogar der Mann, der bei ihm gewesen war, sogar Madames Frau, und ließen die beiden allein. Der bleiche Körper lag auf der Pritsche, und Madame hing fassungslos und entsetzt darüber; Aber die Diener standen in einem dichten Kreis abseits und blickten mit Düsternis und Angst im Gesicht zu. Einige hielten mechanisch Lichter in der Hand, andere griffen immer noch nach den Schüsseln und Schüsseln, die sie zu benutzen fürchteten, und flüsterten dieses Wort immer wieder.

Es schien, als ob die verräterischen Silben durch die Wände gingen; Denn der erste, der vor dem Arzt oder Priester eintraf, war der Wachhauptmann. Er kam mit klirrendem Schwert die Treppe hinauf, schob die Vorhänge beiseite und betrachtete die seltsame Szene, die von den vielen Lichtern, unregelmäßig gehalten und verteilt, erleuchtet wurde, als wäre es ein Festzug auf der Bühne gewesen. "Wer ist es?" murmelte er und berührte den Arm des nächsten Dieners.

„Herr de Vidoche ", antwortete der Mann.

"Ist er tot?"

Der Mann zuckte vor ihm zusammen. „Tot oder genauso gut", flüsterte er. "Jawohl."

„Dann ist er nicht tot?"

"Ich weiß es nicht."

„Warum zum Teufel steht ihr dann alle wie stumm bei einer Beerdigung da?" antwortete der Soldat mit einem Eid. „Madame auch in Ruhe lassen. Gift, was? Oh!" und er pfiff leise. „Deswegen sehen Sie also alle so aus, als hätte der Mann die Pest gehabt, nicht wahr? Sie sind doch ein ziemlicher Haufen von Idioten! Aber hier ist der Arzt. Jetzt aus dem Weg", fügte er verächtlich hinzu, „und los Niemand verlässt den Raum.

Er ging mit dem Arzt vorwärts, und während dieser niederkniete und seine Untersuchung durchführte, murmelte der Kapitän ein paar tröstende Worte in Madames Ohr. Trotz allem, was sie hörte oder beachtete, hätte er sich seine Schmerzen vielleicht ersparen können. Sie war so plötzlich gerufen worden, und der Anruf hatte ihren Gedankengang so völlig durchtrennt, dass sie die Krankheit ihres Mannes noch nicht mit irgendeiner ihrer Handlungen in Verbindung gebracht hatte. Sie hatte das Unterfangen des Abends, seine Erwartungen und Hoffnungen völlig vergessen. Dieser Schrecken blieb ihr vorerst erspart. Aber diese Krankheit allein reichte aus, um sie zu überwältigen und sie außer Reichweite des gegenwärtigen Trostes zu bringen. Sie erinnerte sich nicht mehr an die Kälte ihres Mannes, sondern nur noch an die ersten Tage, als er, ein schwarzbärtiger, kühnäugiger Apollo, zu ihr in ihrem Landhaus gekommen war und sie ungestüm und mit unwiderstehlichem Willen umworben hatte. Alle seine Fehler, alle seine Unfreundlichkeiten waren jetzt vergessen: nur seine Schönheit, seine Kraft , seine große Leidenschaft, sein Mut waren in Erinnerung geblieben. Ein schrecklicher Schmerz erfasste ihr Herz, als sie merkte , dass seines aufgehört hatte zu schlagen. Sie blickte mit bleichem Gesicht in die Augen des Arztes, sie hing an seinen Lippen. Wenn sie sich überhaupt an ihre Reise zur Rue Touchet erinnerte, dann nur daran, wie vergeblich ihre Hoffnungen jetzt waren. Er, den sie für sich zurückgewonnen hätte, war für immer von ihr verschwunden !

Der Arzt schüttelte ernst den Kopf, als er aufstand. Er hatte versucht, den Patienten ausbluten zu lassen, ohne in diesem Notfall darauf zu warten, dass ein Friseur gerufen würde; aber das Blut wollte nicht fließen. „Es ist nutzlos", sagte er. „Sie müssen Mut haben, Madame. Mehr Mut, als gewöhnlich erforderlich ist", fuhr er in einem feierlichen, fast strengen Ton fort. Er blickte sich um und begegnete dem Blick des Kapitäns. Er machte ihm ein leichtes Zeichen.

"Er ist tot?" sie murmelte.

„Er ist tot", antwortete der Arzt langsam. „Mehr, Madame – meine Aufgabe geht weiter. Es ist meine Pflicht zu sagen, dass er vergiftet wurde."

"Tot!" sie murmelte mit einem trockenen Schluchzen. "Tot!"

„Vergiftet, sagte ich, Madame", antwortete der Arzt fast barsch. „Bei einem älteren Mann könnte man die Symptome für einen Schlaganfall halten. Aber in diesem Fall ist das nicht der Fall. M. de Vidoche wurde vergiftet."

„Ist Ihnen der Punkt klar?" sagte der Kapitän der Wache. Er war ein grauhaariger, älterer Mann, der kürzlich vom Feld in die Slums von Paris versetzt worden war, und sein freundliches Wesen war durch den Kontakt mit Schurken nicht völlig ausgelöscht worden.

„Perfekt", antwortete der Arzt. „Mehr noch, das Gift muss innerhalb einer Stunde verabreicht worden sein."

Madame erhob sich zitternd von der Seite des Toten. Dieser neue Schrecken, der so viel schlimmer war als der des Todes, schien sie von ihm abzudrängen und eine Barriere zwischen ihnen zu errichten. Das weiche weiße Gewand, das sie sich umgeworfen hatte, als sie aus dem Bett rannte, war nicht weißer als ihre Wangen; Die Lichter waren nicht heller als ihre vor Entsetzen geweiteten Augen. „Vergiftet!" sie murmelte. „Unmöglich! Wer würde ihn vergiften?"

„Das ist die Frage, Madame", antwortete der Wachkapitän nicht ohne Mitleid – nicht ohne Bewunderung. „Und wenn, wie uns gesagt wird, das Gift innerhalb einer Stunde verabreicht worden sein muss, sollte es nicht schwer sein, darauf zu antworten. Niemand soll den Raum verlassen", fuhr er fort und zog seinen Schnurrbart . „Wo ist der Kammerdiener, der Herrn de Vidoche bedient hat ?"

Der Mann trat vor den anderen hervor, zitterte vor Angst und erzählte kurz alles, was er wusste; wie er seinen Herrn in seinem gewohnten Gesundheitszustand verlassen hatte und ihn in einer Art Anfall vorfand; wie Vidoche ihn gebeten hatte, in den Becher zu schauen, und wie er darin einen Bodensatz gefunden hatte, der dort nicht hätte sein dürfen.

„Du hast diesen Wein selbst gemischt?" sagte der Wachkapitän scharf.

Der Mann gab es zu, wimmerte und entschuldigte sich.

„Sehr gut. Lassen Sie mich Madames Frau sehen", war die Antwort. „Welche ist sie? Sie ist hier, nehme ich an. Lassen Sie sie hervorstechen."

Ein Dutzend Hände waren bereit, sie zu zeigen, ein Dutzend Lichter wurden hochgehalten, damit der Chevalier du Guet sie besser sehen konnte. Sie wurde gestoßen, gestoßen, nach vorne getrieben, bis sie zitternd an der Stelle stand, an der der Mann gestanden hatte. Aber nicht lange. Die erste Frage des Kapitäns lag noch auf seinen Lippen, als sich die Frau mit einer plötzlichen Geste der Verzweiflung vor ihm auf die Knie warf und, in einem Zustand bitterer Angst kriechend , schrie, sie würde alles erzählen – alles ! Alles, wenn sie sie gehen ließen! Alles, wenn sie sie nicht foltern würden!

Das Gesicht des Kapitäns wurde ernst, die Falten um seinen Mund verhärteten sich. "Sprechen!" sagte er knapp und mit einem raschen Seitenblick auf die Herrin, die wie zu Stein erstarrt dastand. „Sprich, aber nur die Wahrheit, Frau!" während ein Murmeln des Erstaunens und der Angst durch den Kreis ging.

Es sollte erwähnt werden, dass zu dieser Zeit das Verbrechen der heimlichen Vergiftung in Frankreich besonders verabscheut war, insbesondere die Vergiftung von Ehemännern durch Ehefrauen. Es wurde angenommen, dass es häufig vorkommt; es wurde in vielen Fällen vermutet, obwohl es nicht bewiesen werden konnte. Männer fühlten sich der Gnade von Frauen ausgeliefert, die, indem sie ihr Bett und ihre Kost teilten, oft das Motiv und immer die Gelegenheit dazu hatten; und in dem Maße, wie das Verbrechen leicht zu begehen und schwer aufzudecken war, war die Strenge , mit der es belohnt wurde, wenn es aufgedeckt wurde. Der hohe Rang der Prinzessin von Condé – eine gebürtige Tremouille und angeheiratete Bourbonin – konnte sie nicht vor der Folter bewahren, als sie dieser Tat verdächtigt wurde; während der plötzliche Tod eines angesehenen Mannes oft ausreichte, um seine Diener und insbesondere den Vertrauten seiner Frau den Schrecken der Frage auszusetzen. Madames Frau wusste das alles. Solche Dinge prägten den Klatsch ihrer Klasse, und in einem Anfall von Angst, in Schrecken, in der Angst, dass der Moment vergehen könnte und ein anderer ihr zuvorkommen würde, warf sie sowohl Treue als auch Klugheit in den Wind.

„Das werde ich! Das werde ich! Alle!" Sie weinte. „Und ich schwöre, es ist wahr! Sie ist heute Abend in ein Haus im Tournelles- Viertel gegangen!"

„Sie? Wer ist sie, Frau?" fragte der Kapitän scharf.

„Meine Dame dort! Sie blieb eine Stunde. Ich wartete draußen. Als wir zurückkamen, rannte ein Junge hinter uns her und unterhielt sich mit ihr an der Veranda von St. Gervais. Sie schickte mich weg, und ich weiß nicht, was ihn beschäftigte Aber als wir nach Hause kamen und sie glaubte, ich schliefe, kroch sie aus dem Zimmer, kam hierher und tat etwas in die Tasse. Ich hörte sie gehen und schlich zur Tür und sah durch die Vorhänge, wie sie es tat , aber ich wusste nicht, was es war oder was sie vorhatte. Ich habe die Wahrheit gesagt. Aber ich wusste es nicht, ich wusste es nicht! Ich schwöre, ich wusste es nicht!"

Der Kapitän brachte ihre Proteste mit einer heftigen Geste zum Schweigen und wandte sich von ihr der Frau zu, die sie beschuldigte. „Madame", sagte er mit leiser, unsicherer Stimme, „ist das wahr?"

Sie stand mit beiden Händen auf der Brust und blickte mit steinernem Gesicht nicht auf ihn, sondern über ihn hinweg. Sie schien kaum zu atmen, so vollkommen war die schreckliche Stille, die sie hielt. Er glaubte, sie hätte es nicht gehört, und er wollte gerade seine Frage wiederholen, als sie auf seltsame, mechanische Weise ihre Lippen bewegte und nach einiger Anstrengung sprach. "Ist es wahr?" „Ist es wahr, dass ich meinen Mann getötet habe? Ja, ich habe ihn getötet. Ich habe ihn geliebt, und ich." Ich habe ihn getötet. Ich habe ihn geliebt – ich hatte niemanden sonst, den ich lieben konnte – und ich habe ihn getötet. Gott hat dies in dieser Welt zugelassen. Du bist real, und ich bin real. Es ist kein Traum. Er hat es zugelassen es ist so.

„*Mon Dieu!*" murmelte der Kapitän, während eine Frau in lautes Weinen ausbrach. "Sie ist wütend!"

Aber Madame war nicht wütend, oder nur im Moment verrückt. „Es ist seltsam", fuhr sie mit zuckenden Lippen, aber im gleichen gleichmäßigen Tonfall fort – der für diejenigen, die Ohren hatten, schlimmer war als jeder laute Aufschrei – „dass so etwas geschehen sollte. Gott sollte es nicht zulassen." sein, weil ich ihn geliebt habe. Ich habe ihn geliebt und ich habe ihn getötet. Ich – aber vielleicht werde ich bald aufwachen und es als einen Traum empfinden. Oder vielleicht ist er nicht tot. Ist er? Ha! ist er, Mann? Erzähl es Mich!"

Mit den letzten Worten, die ihr in plötzlicher, hektischer Frage über die Lippen kamen, erwachte sie wie aus einer Trance. Sie sprang auf den Arzt zu; Dann drehte sie sich schnell um, schaute, wo die Leiche lag, und warf sich mit einem schrecklichen Gelächter darauf. Ihre schrillen Schreie erfüllten die Luft so sehr, hallten so durch die leere Halle unten, drangen so tief ins Gehirn, dass der Kapitän die Hände an die Ohren hob und die Männer zurückschreckten und die Frauen ansahen.

„Kümmere dich um sie!" sagte der Kapitän, stampfte wütend mit dem Fuß auf und wandte sich an den Arzt. „Ich muss sie wegnehmen, aber ich kann sie nicht so nehmen. Kümmere dich um sie, Mann. Gib ihr etwas; betäube sie, vergifte sie, wenn du willst – alles, um sie aufzuhalten! Ihre Schreie werden mir zwölf Monate lang in den Ohren klingen." daher. Nun, Frau, was ist das?" er fuhr ungeduldig fort. Madames Frau hatte seinen Arm berührt.

"Der Junge!" sie murmelte. "Der Junge!" Ihre Zähne klapperten vor Angst. Sie zeigte auf die Stelle, wo die Diener am dichtesten standen, in der Nähe der großen Vorhänge, die die Treppe abschlossen.

Er folgte der Richtung ihrer Hand, sah aber nichts außer verängstigten Gesichtern und zusammenzuckenden Gestalten. „Welcher Junge, Frau?" erwiderte er. "Wie meinst du das?"

„Der Junge, der hinter uns in die Kirche kam", antwortete sie. „Ich habe ihn vor einer Minute gesehen – da! Er stand hinter diesem Mann und schaute unter seinen Arm."

Drei Schritte brachten den Wachhauptmann an die angegebene Stelle. Aber da war kein Junge – es war kein Junge zu sehen. Darüber hinaus erklärten die verängstigten Diener, die in diesem Teil standen, dass sie keinen Jungen gesehen hätten – dass dort kein Junge gewesen sein könne. Der Kapitän, der glaubte, sie hätten nur Madame de Vidoche im Auge gehabt , vertraute wenig auf ihre Beteuerungen; Doch die Tatsache blieb bestehen, dass der Junge verschwunden war, und der Sucher kehrte verblüfft und perplex zurück: mehr als die Hälfte neigte zu der Annahme, dass dies eine List der Frau sein könnte, wusste jedoch nicht, was ihr das nützen könnte. Er fragte sie ungefähr, wie alt der Junge sei.

„Ungefähr zwölf", antwortete sie und blickte nervös über ihre Schulter. Tatsächlich begann sie zu glauben, der Junge sei ein Vertrauter. Oder was könnte ihn hierher bringen? Wie war er hineingekommen? Und wohin war er verschwunden?

„Wie war er gekleidet?" fragte der Kapitän wütend und winkte die Diener zurück, die ihn in ihrer Neugier bedrängt hätten.

„In schwarzem Samt", antwortete sie. „Aber er hatte keine Mütze. Er war barhäuptig. Und mir fiel auf, dass er schwarze Haare und blaue Augen hatte."

„Sind Sie sicher, dass der Junge, den Sie hier gesehen haben, der Junge war, der Ihnen gefolgt ist und mit Madame auf der Straße gesprochen hat?" er drängte. „Sei vorsichtig, Frau!"

„Da bin ich mir sicher", antwortete sie fieberhaft. „Ich kannte ihn sofort."

„Sind Sie sicher, dass Madame ihn nicht mitgebracht hat?"

Sie schwor mit Bestimmtheit, dass sie es nicht getan hatte, und ebenso mit Bestimmtheit, dass der Junge ihnen nicht hätte folgen können, ohne gesehen zu werden. Darin wissen wir, dass sie sich geirrt hat; aber sie glaubte es, und ihr Glaube teilte sich ihrem Fragesteller mit.

Er rieb sich äußerst ratlos mit der Hand den Kopf. Wenn der Junge ein Bote des Bösewichts gewesen wäre, den diese elende Frau besucht hatte, was hätte ihn dann in das Haus bringen können? Warum hatte er sich am Tatort riskiert? Es sei denn – es sei denn, seine Mission bestand tatsächlich darin, herauszufinden, was passiert war, und seinen Herrn zu warnen!

Der Kapitän bemerkte das sofort, stieß die Diener beiseite und schickte sofort drei oder vier Männer in die Rue Touchet . „ *Pardieu !* " rief er und wischte sich die Stirn, als sie weg waren, „ich hätte es fast vergessen." Er. Der Bösewicht! Ich schwöre, er hat sie in Versuchung geführt! Aber jetzt glaube ich, dass ich alles erwischt habe – Madame, die Magd, den Mann, den Teufel!" Er zählte sie an seinen Fingern ab. „Es fehlt nur noch der Junge. Die Chancen stehen gut, dass sie ihn auch in der Rue Touchet bekommen . So weit, so gut. Aber es ist eine hasserfüllte Arbeit", fuhr der alte Soldat mit einem Fluch fort und blickte die Gruppe schief an die Madame und den Arzt umgab. „Das werden sie – pfui! Es ist schrecklich. Es wäre eine Gnade, ihr jetzt eine Dosis zu geben und alles zu beenden."

Aber es gab niemanden, der die Verantwortung übernehmen konnte, und so sahen die wenigen, die an diesem Morgen im Ausland waren, sehr früh eine seltsame und traurige Prozession durch die Straßen von Paris ziehen; Diese Straßen, die so viele grausige und so viele fantastische Dinge gesehen haben. Eine Stunde vor Tagesanbruch verließ eine Sänfte, umgeben von einer Menge bewaffneter Männer, von denen einige Fackeln und andere Piken und Hellebarden trugen, das Hotel Vidoche und ging langsam die Rue St. Denis entlang. Die Nacht war am dunkelsten, der Wind am stärksten. Umherziehende Unglückliche, die in den Halles lagen , standen auf und liefen um ihr Leben, oder erstarrten langsam und starben.

Aber es gibt schlimmere Dinge als den Tod im Freien; Auf jeden Fall schlimmer als der Tod, der mit einer sanft betäubenden Macht einhergeht. Und einige von ihnen wussten es; nein, alle. Der ärmste Ausgestoßene, den das grelle Licht der Cressets überraschte, als er in der Veranda oder im Penthouse lauerte, der dürftigste Bettler, der durch das Klirren und Trampeln erschrocken hinausschaute, wusste, dass er glücklicher war als der Gefangene des Königs, der nach Châtelet unterwegs war; und indem er seine Lumpen umarmte, dankte er dem Himmel dafür.

KAPITEL VIII.

DAS MARK VON KAIN.

Als Jehan im Fieber der Empörung heimlich aus dem Haus in der Rue Touchet schlüpfte und die dunkle, ruhige Straße hinter Madame de Vidoche herlief , hatte er keinen subtileren Plan im Kopf, als sie einzuholen und zu warnen. Die Dame hatte am Abend des Abendessens in Les Andelys freundlich zu ihm gesprochen . Sie war jung, schwach, unterdrückt; Die Verschwörung gegen sie schien dem Kind in seiner List teuflisch zu sein. Es war nicht mehr nötig, jeden ritterlichen Instinkt in seiner Natur zu wecken – und davon sollte es bei einem Jungen viele geben, oder wehe dem Mann – und ihn dazu zu bewegen, sie zu retten.

Er dachte, wenn er sie einholen und warnen könnte, wäre alles gut; und zunächst ging sein Vorhaben nicht weiter. Aber während er rannte, mal erschrocken über die Schulter blickte, mal in die Dunkelheit vor ihm spähte, manchmal in seiner Eile in den Rinnstein rutschte und manchmal über eine vorspringende Stufe stolperte, schoss ihm ein neuer und skurriler Gedanke durch den Kopf Ein Moment faszinierte ihn. Wie es zu einem so jungen Menschen kam, lässt sich nicht sagen, ob die Doppelzüngigkeit des Astrologen, deren Zeuge er geworden war, darauf hindeutete oder ob es einer frühreifen Begabung in der Natur des Jungen entsprang. Aber plötzlich war es in seinem Kopf, erwachsen, voll bewaffnet, ein perfekter Plan. Er hatte nur wenige Minuten Zeit, darüber nachzudenken, bevor er Madame einholte, und es kam die Zeit, es in die Tat umzusetzen; aber in diesem Zeitraum fand er darin keinen Fehler. Vielmehr genoss er es. Es befriedigte den strengen Sinn des Jungen für Vergeltung und Gerechtigkeit. Es befriedigte die Vorliebe des Jungen für Unfug und Betrug mehr als.

Er hatte daher nicht die geringsten Bedenken, wenn es darum ging, seine Rolle zu spielen. Er ging ohne Mitleid durch, ohne Skrupel oder Gedanken an Verantwortung – nein, er folgte Madame nach Hause und versteckte sich hinter dem Vorhang, ohne das Gefühl der Besorgnis über das, was kommen würde, ohne Gewissensbisse.

Aber als er alles gesehen hatte und gebannt in seinem Versteck lag und die Tragödie miterlebt hatte, als er seine Ohren mit den Händen bedeckte und sich zusammenkauerte, als wollte er sich durch den Boden ducken, hatte er Vidoches Todesschrei gehört und zuckte bei jeder Silbe von Madames herzzerreißender Äußerung zusammen – als er schließlich mit zitternden Gliedern und weißen Wangen die Treppe hinuntergeschlichen und aus dem verfluchten Haus geflohen war, da wusste der Junge alles; wusste, was er getan hatte, und war entsetzt! Sogar die Dunkelheit und die eisige Kälte waren willkommen, wenn er aus diesem Haus entkommen konnte – wenn er diese eindringlichen Schreie hinter sich lassen konnte. Aber wie? Auf welchem Weg? Er floh durch eine Straße nach der anderen, durch eine Gasse nach der anderen, über Brücken und Kais entlang, durch die Türen von Kirchen und die Tore von Gefängnissen. Aber überall begleiteten ihn die Bilder und Geräusche, kamen ihm zuvor und folgten ihm. Er konnte es nicht vergessen. Als er sich schließlich völlig erschöpft auf einen Müllhaufen in einer entfernten Ecke der Halles warf , schien ihm das Herz zu platzen. Er hatte einen Mann getötet. Er hatte Schlimmeres getan, als eine Frau zu töten. Er würde gehängt werden. Der Astrologe hatte ihm die Wahrheit gesagt; Er war dem Untergang geweiht, dem Bösen und dem Teufel ausgeliefert!

Er lag lange Zeit keuchend und zitternd da, sein Gesicht verborgen; während ihn hin und wieder ein Schmerzanfall, ausgelöst durch einen plötzlichen Erinnerungsschmerz, über seinen Körper schüttelte. Der Ort, den er fast unbewusst als Versteck gewählt hatte, war eine Ecke zwischen zwei Ständen am östlichen Ende des Marktes: ein Winkel, der gut vor dem Wind geschützt war und brusthoch mit Trägerknoten und Müll aufgetürmt war. Die Luft war dort etwas weniger bitter als draußen; und zum Glück hatte er sich auf einen alten Sack geworfen, den er nach und nach über sich zog. Sonst wäre er umgekommen. So wie es war, schluchzte er bald in einen unruhigen Schlaf; aber nur um nach ein paar Minuten mit einem Schreckensschrei und der düsteren Rückkehr all seiner Befürchtungen aufzuwachen.

Dennoch war die Natur bereits am Werk, um ihn zu trösten; und das Elend schläft sprichwörtlich gut. Nach einer Weile döste er wieder für ein paar Minuten ein und dann wieder. Schließlich, kurz vor Tagesanbruch, fiel er in einen tieferen Schlaf, aus dem er erst erwachte, als die Wintersonne fast eine Stunde aufgegangen war und altmodische Leute ans Abendessen dachten.

Nachdem er die Augen geöffnet hatte, lag er eine Weile zwischen Schlafen und Wachen, und das Gefühl, dass ihm ein unbekanntes Problem bevorstand, lastete schwer auf ihm. Plötzlich weckte ihn eine Stimme, eine raue, krächzende Stimme, die einen seltsam abgehackten Jargon sprach, schlagartig. „Er ist ein Ausreißer!" sagte die Stimme mit zwei oder drei unnötigen Flüchen. „Eine Krone pro Penny drauf, meine Raufbolde! Nun ja, es ist ein schlechter Wind, der niemandem etwas Gutes tut. Wecken Sie den kleinen Rasierer auf, ja? Das ist nicht der richtige Weg! Hier, leiht ihn mir."

Im nächsten Moment setzte sich der Junge mit einem Schmerzensschrei auf, denn ein schwerer Trägerknoten fiel auf sein Schienbein und hätte es fast gebrochen. Er sah sich drei oder vier grinsenden Raufbolden gegenüber, deren Augen glitzerten, als sie seine Samtkleidung und die kleinen silbernen Knöpfe, mit denen sie befestigt waren, musterten. Der Mann, der zuvor gesprochen hatte, schien der Anführer der Gruppe zu sein: ein dreckiger Bettler mit einem Arm und einer Hasenscharte. „Ho! ho!" er gluckste; „So können Sie fühlen, M. le Marquis, nicht wahr? Fleisch und Blut wie andere Leute. Und zweifellos mit Geld in den Taschen, um Ihre Nachtunterkunft zu bezahlen."

Er zog das Kind zu sich und fuhr mit seinen Händen durch seine Kleidung. Aber er fand nichts und sein Gesicht wurde dunkel. „*Morbleu !*" fluchte er. „Der kleine Weichei hat nichts mitgebracht!"

Die anderen Männer, die sich um ihn herum versammelten, starrten den Jungen hungrig an. Mitten im Wald von Bondy hätte er ihnen nicht stärker ausgeliefert sein können als in dieser ruhigen Ecke des Marktes, wo ein Samtmantel mit Silberknöpfen ebenso selten zu sehen war wie ein Stück des echten Kreuzes. Zwei oder drei obdachlose Unglückliche sahen aus ihren schäbigen Verstecken unter den Ständen zu, aber niemand dachte daran, den Männern, die sie im Besitz hatten, in die Quere zu kommen. Was den Jungen betrifft, so blickte er seine Häscher unbewegt an; er war weiß, stumm, apathisch.

„Pest, wenn ich nicht glaube, dass der Junge ein Weichei ist!" sagte einer und starrte ihn an.

„Nicht er!" antwortete der Mann, der ihn festhielt. Und er packte den Jungen grob mit seiner riesigen Hand am Kopf und drückte mit seinem Finger ein Augenlid nach oben, als wollte er das Auge untersuchen. Der Junge stieß einen Schmerzensschrei aus. "Dort!" sagte der Grobian und grinste triumphierend. „Es geht ihm gut. Die Frage ist, was machen wir mit ihm?"

„Da sind seine Kleider", murmelte einer und musterte den Jungen gierig.

„Natürlich sind da immer seine Kleider", war die Antwort. „Man muss kein Armand Jean du Plessis de Richelieu sein, um das zu sehen, Gaby ! Und natürlich würden sie bei jedem Stück verschmelzen! Aber vielleicht können wir es mit ihm besser machen. Er ist weggelaufen. Du." Finde nicht jeden Tag Trüffel auf dem Misthaufen.

„Nun", sagten seine langweiligeren Kameraden und ihre Augen begannen vor Gier zu funkeln, „was dann, Bec de Lièvre?"

„Wenn wir ihn wieder nach Hause bringen, ehrliche Marktträger, warum sollten wir dann nicht belohnt werden? Äh, meine Tyrannen?"

„Das ist eine gute Idee!“ sagte einer. Das sagte ein anderer. Der Rest nickte. „Fragen Sie ihn, wo er wohnt, wenn er zu Hause ist.“

Sie taten. Doch Jehan blieb stumm. „Dreh ihm den Arm!“ sagte der letzte Redner. „Er wird es dir bald sagen. Oder steck ihm wieder deinen Finger ins Auge! Sei froh, wenn ich den Jungen nicht für *dumm halte* !“ Der Mann fuhr fort und blickte erstaunt auf das trübe Gesicht und die glanzlosen Augen des Jungen .

„Ich denke, ich werde eine Zunge für ihn finden“, antwortete der ehemalige Telefonist mit einem anzüglichen Blick. „Hier, Junge, antworte, bevor es dir wehtut, ja? Wo wohnst du?“

Aber Jehan schwieg. Der Grobian hob die Hand. Im nächsten Moment wäre es gefallen, aber gerade noch rechtzeitig kam eine Unterbrechung. „Nom de ma mère !“ rief jemand in der Nähe mit erstaunter Stimme. „Es ist mein Jehan !“

Zwei der im Besitz befindlichen Gruppe wandten sich brutal gegen den Eindringling – einen mittelgroßen Mann mit Fuchsaugen und einem halb verhungerten Affen auf seiner Schulter. „Wer hat dich gebeten zu sprechen?“ knurrte einer. „Erledigen Sie Ihre Angelegenheiten, mein feiner Kerl, sonst mache ich ein Loch in Sie!“ rief ein anderer.

„Aber er ist mein Junge!“ antwortete der Neuankömmling, ziemlich zitternd vor Freude und Erstaunen. „Er ist mein Junge!“

"Dein Junge?" rief Bec de Lièvre in einem Ton der Verachtung. „Du siehst so aus, nicht wahr? Du siehst aus, als hättest du jeden Tag auf einem goldenen Teller gegessen und deinem Mundschenken einen Rohan serviert, das stimmt! Mach mit, Mann. Versuche nicht, uns zu täuschen, sonst wird das Schlimmste für dich sein!“ Und mit einem wütenden Blick wandte er sich seinem Opfer zu.

Aber der Schausteller, obwohl er ein Feigling war, ließ sich nicht so leicht unterkriegen. „Es ist der Junge, der dich verarscht!“ er sagte. „Du hältst ihn für einen Kerl! Es ist nur sein Showdress, das er trägt. Er ist ein Trinkerjunge, das sage ich dir. Er ist zwei Jahre lang mit mir um die Stange gekreist. Letzten November ist er weggelaufen. Wenn du mir nicht glaubst , frag den Affen. Schau, der Affe kennt ihn.“

Bec de Lièvre musste zugeben, dass der Affe ihn kannte. Kaum war das arme Tier in die Nähe seines alten Spielgefährten gebracht worden, sprang es auch schon auf ihn zu und bedeckte ihn mit Liebkosungen, während es schnatterte und schrie, und zwar auf eine so menschliche Weise, dass es die Herzen weniger stark berührt hätte. Der Junge erwiderte seine Zärtlichkeiten jedoch nicht; Aber in seinen Augen erschien ein Ausdruck von Intelligenz, und plötzlich seufzte er, als würde ihm das Herz brechen.

Die Männer, die von ihm Besitz ergriffen hatten, sahen einander an. „Es waren die verfluchten Kleider des Jungen, die uns getäuscht haben", knurrte Bec de Lièvre wütend. „Wir werden sie auf jeden Fall haben. Ziehen Sie ihn aus und fertig. Und halten Sie sich fern, Meister Tumbler, sonst stürzen wir Sie."

Aber als der Schausteller, der vor Freude und Vorfreude zitterte, ihnen klar machte, dass er für den Jungen, so wie er in seinen Kleidern war, eine Krone geben würde – „und das ist mehr, als der Zaun dir geben wird", fügte er hinzu – Sie begannen, Vernunft zu erkennen. Zwar zeichneten sie sich eine Zeit lang durch einen höheren Preis aus; Aber schließlich wurde der Handel mit einer Krone und einem Livre abgeschlossen, und der Junge übergab.

Die Hand von Master Crafty Eyes zitterte, als er sie auf das Halsband des Kindes legte und es umdrehte, damit es sein Gesicht besser sehen konnte. Bec de Lièvre bemerkte die Aufregung des Mannes und sah ihn neugierig an. „Sie müssen den Jungen sehr gern haben", sagte er.

Die Augen des Schaustellers glitzerten wild. „Ich mag ihn so sehr", sagte er spöttisch, „dass ich, wenn ich ihn nach Hause bringe – oh, ich werde seine schönen Kleider, sein Gesicht oder seine kleinen braunen Hände nicht verletzen, denn das sieht man alles." , und sie sind mir Geld wert. Aber ich werde – ich werde einen Schürhaken ins Feuer legen, und dann wird Meister Jehan seine neuen Kleider ausziehen, damit sie nicht versengen, und – ich werde ihm mehrere neue beibringen Tricks mit dem Poker."

„Du bist seltsam", antwortete der andere. „Ich werde erschossen, wenn du nicht wie ein Mann aussiehst, der ein gutes Abendessen vor sich hat."

„Das ist der Mann, der ich bin", antwortete der Schausteller und ein schreckliches Lächeln verzerrte sein Gesicht. „Ich habe an manchen Tagen auf das Mittag- oder Abendessen verzichtet, weil mein kleiner Freund hier eines schönen Abends beschlossen hat, wegzulaufen, als er gerade dabei war, mein Vermögen zu machen. Aber ich werde jetzt zu Abend essen. Ich werde füttern – auf ihn!"

„Nun, jeder Mann nach seinem Geschmack", antwortete der hasenlippige Bettler gleichgültig. „Sie haben Ihr Abendessen bezahlt und können es für mich kochen, wie Sie möchten."

„Das werde ich", antwortete der Schausteller mit einem hässlichen Blick. Während er sprach, riss er den Jungen fast von den Füßen, und während die Männer ihm „ *Guten Appetit!* "nachriefen und johlten, schleppte er ihn über den offenen Teil des Marktes hinweg; verschwand schließlich mit ihm in einer der lärmenden Gassen, die dann auf der Ostseite aus den Halles hinausführten.

Sein Weg führte durch ein Kaninchengewirr aus geschäftigen Passagen und engen Gassen, wo der Junge ihm, wenn er einmal losgekommen wäre, hundert Wege hätte ausweichen und entkommen können; und er hielt ihn mit äußerster Vorsicht fest und erwartete jeden Moment, dass er einen verzweifelten Versuch unternehmen würde. Aber Jehan war nicht der alte Jehan , der sich umgedreht und gedreht hatte, gelaufen und auf dem Seil herumgetollt war und der trotz der schlimmsten Misshandlungen immer noch die Zähne zum Beißen und den Mut behalten hatte, sie zu benutzen. Er war mit Leib und Seele betäubt. Er hatte fast zwanzig Stunden lang nichts gegessen. Er hatte die Nacht der Kälte ausgesetzt verbracht. Er hatte große Aufregung, Entsetzen und Verzweiflung erlebt. So stolperte er weiter, Vidoches sterbende Schreie im Ohr, und reagierte ausgehungert, erstarrt und verwirrt auf die Drohungen des Schaustellers mit einem Gesicht starrer, teilnahmsloser Apathie. Er war dem Wahnsinn nahe.

Eine Zeit lang beachtete Crafty Eyes diese seltsame Gleichgültigkeit nicht. Die Fantasie des Schaustellers beschäftigte sich mit der Strafe, die er verhängen würde, wenn er den Jungen nach Hause in sein elendes Zimmer bringen würde. Er freute sich über die Folterungen, die er erfinden würde, und über die Sorgfalt, die er aufbringen würde, damit sie den Jungen nicht verstümmelten oder entstellten. Als er ihn festgebunden, die Tür verschlossen und den Schürhaken erhitzt hatte – ah! wie würde er sich freuen! Der Grobian leckte sich die Lippen. Seine Augen funkelten vor Vergnügen. In seiner abscheulichen Ungeduld riss er den Jungen mit sich.

Aber nach einer Weile begann ihn das Verhalten des Kindes zu ärgern. Er blieb stehen, hielt ihn mit einer Hand fest und schlug ihm mit der anderen brutal auf den Kopf, bis der Junge zu Boden fiel und in seinen Armen hängen blieb. Dann zerrte er ihn unsanft hoch und zerrte ihn unter Fluchsalven weiter; Immer noch blickte er ihn von Zeit zu Zeit finster an, als fände er diesen kleinen Vorgeschmack auf Rache irgendwie weniger befriedigend, als er erwartet hatte.

In der dunklen, schmutzigen Gasse, in der dies passierte, kamen und gingen Menschen – ein Ort, an dem die rauchverschmierten Giebel fast zusammentrafen und die Dachrinne mit Müll verstopft war –, aber niemand mischte sich ein. Was war mehr oder weniger ein bisschen Prügel? Oder was war mehr oder weniger ein Junge? Die massigen Faulenzer und mürrischen Schlampen, die sich in den Ecken zusammenkauerten, um sich zu wärmen, nickten mit dem Kopf und sahen anerkennend zu. Sie mussten ihre eigenen Gören schlagen und sich um Geschäfte kümmern. Es gab niemanden, der die Rolle des Jungen übernehmen konnte. Und weitere hundert Meter würden ihn in der Dachstube des Schaustellers unterbringen.

In diesem letzten Moment erwachte der Junge aus seiner Trance und verstand; und in einem Anfall von Angst hielt er sich zurück und kämpfte, schrie und warf sich hin. Der Mann zerrte ihn brutal hoch und wollte ihn gerade hochheben, um ihn zu tragen, als eine Person, die bereits einmal an dem Paar vorbeigegangen war, zurückkam und den Jungen erneut ansah. Im nächsten Moment fiel eine Hand auf den Arm des Schaustellers und eine Stimme sagte: „Halt! Was für ein Junge ist das?"

Der Schausteller blickte auf, sah, dass der Streithelfer ein Priester war, und spottete. „Was geht dich das an, Vater?" sagte er und versuchte durch eine Seitenbewegung vorbeizukommen. „ Zumindest keiner aus deiner Herde ."

„Nein, aber du bist es!" erwiderte der Priester mit seltsam klangvoller Stimme. Er war ein standhafter Mann mit einem beweglichen Gesicht und traurigen Augen, die nicht zu seinem Rest zu passen schienen. „Das bist du! Und wenn du ihn nicht in dieser Minute absetzt und meine Frage beantwortest, du Schurke, wirst du, wenn deine Zeit gekommen ist , allein zum Baum gehen!"

„ Tötlich !" murmelte der Schausteller, erschrocken und dennoch finster. "Wer bist du dann?"

„Ich bin Pater Bernard. Jetzt erzähl mir wirklich von diesem Jungen. Was hast du mit ihm gemacht? Ja, du könntest durchaus zittern, Schlingel!"

Denn der Schausteller zitterte. Im damaligen Paris war der Name Pater Bernard fast ebenso bekannt wie der Name Kardinal Richelieu. Es gab keinen Nachtschwärmer oder Taschendieb, Raufbold oder Betrüger, der es nicht wüsste und in seiner Niedergeschlagenheit, wenn das Getränk ausgegangen und das Geld ausgegeben war, von dem Tag träumte, an dem er an Pater Bernards Seite nach Montfaucon reisen würde , und finde keine andere Stimme und kein anderes Auge, um ihn in seiner Not zu bemitleiden. Angetrieben von damals seltenen Gefühlen der Menschlichkeit machte es sich dieser Mann zur Lebensaufgabe, sich um alle zu kümmern, die zur Hinrichtung verurteilt wurden. um sie im Gefängnis zu bedienen und zuletzt bei ihnen zu sein und durch seine Gegenwart und seine tröstenden Worte ihre Leiden hier zu lindern und sie zu einem besseren Geist zu führen. Er war dadurch so bekannt geworden, dass der König ihn selbst ehrte und ihm der Kardinal Sonderrechte verlieh. Auch der Mob. Der Priester durchquerte unverletzt die untersten Gassen von Paris und drang regelmäßig an Orte vor, an denen der Leutnant des Châtelet mit einem Dutzend Lanzen im Rücken keinen Augenblick sicher gewesen wäre.

Dies war der Mann, dessen strenge Stimme den Schausteller zum Stillstand brachte. Master Crafty Eyes geriet ins Stocken. Dann erinnerte er sich daran, dass der Junge sein Junge war und dass sein Anspruch auf ihn gut war. Er sagte so mürrisch.

"Dein Junge?" antwortete der Priester stirnrunzelnd. "Wer bist du dann?"

„Ein Akrobat, Vater.“

„ Das dachte ich mir. Aber tragen Akrobatenjungen schwarze Samtkleidung mit silbernen Knöpfen?“

„Er wurde mir gestohlen“, antwortete der Schausteller eifrig. Er hatte ein gutes Gewissen, was die Kleidung anging. „Ich habe ihn gerade erst geborgen, Vater.“

„Wer hat ihn gestohlen? Wo ist er gewesen?“ Der Priester sprach schnell und nicht wenig aufgeregt. Dabei blickte er den Jungen aufmerksam an und hielt ihn auf Armeslänge von sich. „Wo hat er zum Beispiel letzte Nacht verbracht?“

Der Schausteller breitete seine Handflächen aus und zuckte mit den Schultern. "Woher soll ich das wissen?" er sagte. „Ich war nicht bei ihm.“

„Er hat schwarze Haare und blaue Augen!“

„Ja. Aber was ist damit?“ Crafty Eyes antwortete. „Ich kann es ihm schwören. Er ist mein Junge.“

"Und meins!" Pater Bernard erwiderte energisch. „Der Junge, den ich will!“ Die Augen des Priesters funkelten, seine Gestalt schien sich vor Triumph zu weiten. „Deo laus ! Deo laus !“ Er murmelte so klangvoll, dass ein Dutzend Herumlungerer, die sich um ihn versammelt hatten und abwechselnd starrten und zitterten, erschrocken zurückwichen und sich bekreuzigten. „Er ist der Junge! Gott hat ihn mir heute so deutlich in den Weg gestellt, als hätte mich ein Engel an der Hand geführt. Und er geht mit mir; er geht mit mir. Chut, Mann!“ – das zum Schausteller , der ihm stirnrunzelnd im Weg stand – „Wage es nicht, mich schwarz anzusehen. Der Junge geht mit mir, sage ich. Ich will ihn aus einem bestimmten Grund. Wenn du willst, kannst du auch kommen.“

"Wohin?"

„Zum Châtelet“, antwortete Pater Bernard mit einem grimmigen Lachen. „Die Idee scheint Ihnen nicht zu gefallen. Aber tun Sie, was Sie wollen.“

„Du wirst den Jungen mitnehmen?“

„In diesem Moment", antwortete der Priester.

„ *Mon Dieu!* Aber das sollst du nicht!" rief der Schausteller. Der Zorn für den Moment vertrieb die Angst. Er packte das Kind am Arm. „Er ist mein Junge! Das sollst du nicht, sage ich!" schrie er und schäumte fast vor Wut. "Er gehört mir!"

„„Wer hat ihn gestohlen? Wo war er?""

„Idiot! Biest! Galgenvogel!“ donnerte der Priester als Antwort. „Für einen halben Denier würde ich dich in die nächste Straße werfen! Lass los, oder ich werde dich verprügeln – Oh, es ist gut für dich, dass du vernünftig bist. Jetzt fang an! Beweg dich! oder, auf ein Wort von Ich, hier gibt es eine Menge ----“

Er beendete seinen Satz nicht, denn der Schausteller wich voller Panik zurück und blieb in der Menge stehen, während Böswilligkeit und feige Angst in seinem Gesicht um die Oberhand kämpften. Der Priester nahm den Jungen sanft in seine Arme und sah ihn an. Sein Gesicht wurde dabei seltsam mild. Die schwarzen Brauen wurden glatt, die Lippen entspannten sich. „Holen Sie sich ein wenig Wasser“, sagte er zu dem Mann, der ihm am nächsten stand, einem massigen Südstaatler mit olivfarbener Haut. „Das Kind ist ohnmächtig geworden.“

„Verzeihung, Vater“, antwortete der Mann. "Er ist tot."

Aber Pater Bernard schüttelte den Kopf. „Nein, mein Sohn“, sagte er freundlich. „Er, der mich heute hierher geführt hat, wird das Leben noch ein wenig länger in sich behalten. Gottes Wege enden nie in einer *Sackgasse*. Holt das Wasser. Er ist nur ohnmächtig geworden.“

KAPITEL IX.

VOR DEM GERICHT.

Seit der Vergiftung des Prinzen von Condé durch seinen Diener Brillaut auf Veranlassung – wie behauptet und allgemein angenommen wurde – von Madame la Princesse , hatte keine Tragödie dieser Art in Paris größeres Aufsehen erregt oder Gegenstand einer solchen gewesen mehr Gerede als der Mord an M. de Vidoche . Die bemerkenswerten Umstände, die damit einhergingen – und die in der Erzählung nichts verloren –, seine unmittelbare Entdeckung, das offensichtliche Fehlen eines Motivs und der Reichtum, der Rang und die Jugend der schuldigen Frau trugen dazu bei, und zwar mit der Fülle von Paris Zeit und das Fehlen jeglicher aufrüttelnder politischer Nachrichten, um es zum einzigen Thema von Interesse zu machen. Über nichts anderes wurde im Saal oder auf dem Tennisplatz, in der Großen Galerie des Louvre oder im Vorzimmer des Kardinals im Palais Richelieu gesprochen. Täter und Opfer waren gleichermaßen bekannt. Herr de Vidoche war zwar kein Favorit , aber zumindest eine auffällige Persönlichkeit in der Gesellschaft. Er war für eine der Rollen der königlichen Truppe beim Weihnachtskarneval gecastet worden. Sein Flirt mit Mademoiselle de Farincourt war so ausgeprägt, dass er sowohl Belustigung als auch Interesse hervorrief. Und wenn Madame am Hofe eine weniger vertraute Figur war, wenn sie einen etwas prüden Ruf hatte und eine rustikale Ausstrahlung hatte, die nichts Lügen strafte, und noch weniger beliebt war als ihr Ehemann, war ihre Position als große Erbin die letzte Ein Mitglied einer alten Familie schenkte ihr ein *Gütesiegel* , das sie jetzt interessant machte.

Gerne wären die großen Damen in ihren Kutschen zum Châtelet hinuntergegangen, um sie nach der grausamen Art dieses Tages anzustarren; und nachdem sie in ihrem Elend um sie herumschwirrten, gingen sie mit hundert Geschichten davon, wie sie aussah, was sie trug und was sie im Gefängnis sagte. Doch dies – diese Folter, schlimmer als die Frage – wurde Madame durch die Anordnung des Arztes erspart, niemanden zu ihr einzulassen. Er legte dies so energisch dar – indem er dem Leutnant sagte, dass er weder für ihr Leben noch für ihre Vernunft verantwortlich sein würde, wenn sie nicht vierundzwanzig Stunden lang völlige Ruhe hätte –, dass dieser Offizier, der wie der Chevalier du Guet ein … alter Soldat, antwortete mit „Nein" auf die dringendsten Beharrlichkeiten; und außer und außer Pater Bernard, der auf Befehl des Königs rund um die Uhr *Zutritt hatte* , ließ er niemanden zu ihr hinein. „Mit der Zeit wird es schon schlimm genug sein", sagte er mit einem Eid. „Wenn sie es getan hat, wird sie bestraft. Aber heute wird sie ein wenig Frieden haben."

Aber die große Welt, die über diesen Punkt verwirrt war, wurde nur noch neugieriger; die verbreiteten Geschichten waren nur noch empörender; und nickte und zwinkerte und flüsterte nur umso eifriger. Würde man ihr die Frage stellen? Und an der Streckbank, am Stiefel oder an der Wasserfolter? Und wer war der Mann? Natürlich war da ein Mann. Wenn es nun Herr de Vidoche gewesen wäre, der sie vergiftet hätte, wäre das klar, verständlich und deutlich gewesen; denn jeder wusste es – und so weiter, und so weiter, in regelmäßigen Abständen mit dem Namen von Mademoiselle de Farincourt .

Man glaubte, dass Madame zunächst privat verhört werden würde; Aber spät in der Nacht, am Tag vor Heiligabend, erhielt der Leutnant des Châtelet einen versiegelten Befehl, der ihm befahl, Madame mit ihren Dienern und allen Beteiligten am nächsten Morgen im Palais de Justice vorzustellen. So spät es auch war, die Nachricht war an diesem Abend in jedem Teil von Paris bekannt. Marschall Bassompierre , der in der Bastille lag, hörte es und bedauerte, dass er den Anblick nicht sehen konnte. Es wurde gemunkelt , dass der König persönlich anwesend sein würde; sogar, dass der Prozess zu seinem Vergnügen beschleunigt worden sei. Es war sicher, dass die Hälfte des Gerichts dort sein würde und die andere Hälfte, wenn sie Platz finden würde. Die großen Damen, denen es nicht gelungen war, das Châtelet zu stürmen, hofften, im Palais einen besseren Erfolg zu haben, und der Erste Präsident des Gerichtshofs und sogar die zu seinen Sitzen ernannten Kommissare stellten fest, dass ihre Türen im Morgengrauen mit zarten „Poulets“ übersät *waren* . oder dringende, aufdringliche Anträge.

Madame de Vidoche , der Mann und das Dienstmädchen, wurden eine Stunde vor Tagesanbruch vom Châtelet zur Conciergerie gebracht – Madame in ihrer Kutsche, mit ihrer Frau, dem Mann zu Fuß. Diese Fahrt am kalten Morgen war etwas, das, Gott sei Dank, nur wenige ertragen müssen. Zu den Schrecken der Vorfreude musste die verlorene Frau, kaum mehr als ein Mädchen, noch das Elend der Rückschau hinzufügen; Als sie wusste, was sie getan hatte, schreckte eine Frau vor dem Untergang zurück, der ihr drohte, vor Scham, Schmerz und Tod. Aber das, was sie vielleicht genauso deutlich spürte wie alles andere, als sie in einer Ecke ihres mit Vorhängen versehenen Fahrzeugs hockte und die Schreie hörte, die überall sein Erscheinen begrüßten, war das plötzliche Gefühl der Einsamkeit und Isolation. Der Leutnant saß ihr zwar gegenüber, aber sein Gesicht war hart. Sie war für ihn keine Frau mehr, sondern eine Gefangene, eine Mörderin, eine Giftmörderin. Und die Straßen waren trotz der Kälte und der frühen Stunde voller Menschen. Auf der Pont au Change rannten die Leute neben der Kutsche her und versuchten, sie zu sehen, und johlten, sangen und schrien. Und am Eingang zum Palais, in dem Raum in der Conciergerie, wo sie warten musste, auf der Treppe zum darüber liegenden Hof, überall war es das Gleiche; Alle waren so voller Gesichter – starrende, neugierige

Gesichter –, dass die Wachen kaum einen Weg für sie freimachen konnten. Aber sie war von allem abgeschnitten. Sie gehörte nicht mehr zu ihnen – zu den lebenden Dingen. Keiner sagte ein freundliches Wort zu ihr; nicht einer schien mitfühlend oder mitleidig zu sein. Plötzlich, in einem Moment, während Hunderte sie anstarrten, stellte sie, eine zarte Frau, fest, dass sie etwas Besonderes, Unreines war, das gemieden werden musste. Eine Sache, keine Person mehr. Eine Gefangene, keine Frau mehr.

Sie stellten einen Sitzplatz für sie bereit, und sie ließ sich hineinsinken und empfand zunächst nichts als die Scham darüber, so angestarrt zu werden. Aber bald musste sie aufstehen und den Eid ablegen, und dann, als ihr andere Dinge bewusst wurden, als die Einzelheiten des überfüllten Saales ihre Aufmerksamkeit zwangen, sah sie, wer die Richter waren, und hörte sich selbst aufgefordert, zu antworten Fragen, die man ihr stellen sollte, der Selbsterhaltungstrieb, der Wunsch, sich zu klären, zu fliehen und zu leben, erfassten sie. Ein später Instinkt, denn bisher waren alle ihre Gedanken bei dem Mann gewesen, den sie getötet hatte – ihrem Ehemann; aber dafür umso heftiger. Plötzlich flammte eine brennende Röte in ihren Wangen auf. Ihre Augen leuchteten, ihr Herz begann schnell zu schlagen. Ihr wurde schwindelig.

Sie kannte nur einen Weg, wie sie entkommen konnte; nur von einem Mann, der ihr helfen konnte; Und noch während der erste Richter gerade dabei war, sie anzurufen, wandte sie sich von ihm ab und blickte sich um. Sie schaute nach rechts, nach links und dann hinter sich nach Nôtredame . Wenn er die Wahrheit sagen würde, könnte er sie freisprechen! Er konnte sagen, dass sie wegen eines Zaubers zu ihm gekommen war und nicht wegen Gift! Und er nur! Aber wo war er? Da war ihre Frau, die zitternd und weinend darauf wartete, gerufen zu werden. Da war der Kammerdiener, blass und verängstigt. Es waren zweimal hundert gleichgültige Menschen. Aber Nôtredame ? Er war nicht sichtbar. Er war nicht da. Als sie sich davon überzeugt hatte, sank sie mit einem verzweifelten Stöhnen zurück. Sie gab die Hoffnung wieder auf. Hundert neugierige Augen sahen, wie die Farbe aus ihren Wangen verblasste; Ihre Augen wurden stumpf, die ganze Frau brach zusammen.

Die Prüfung begann. Sie nannte ihren Namen mit einem hohlen Flüstern.

Es war damals üblich und wird in französischen Gerichten immer noch angewandt, jeden Selbstverrat oder jedes Gefühl des Angeklagten auszunutzen. Es ist die Pflicht der Richter, den Gefangenen ständig und genau zu überwachen; und der Erste Präsident war bei einer Gelegenheit wie dieser nicht der Mann, etwas zu übersehen, was für den normalen Zuschauer sichtbar war. Anstatt also mit dem üblichen Fragebogen fortzufahren, den er im Kopf hatte, beugte er sich vor und fragte Madame, was los sei.

„Ich wünsche mir den Mann Solomon Nôtredame ", antwortete Madame de Vidoche , erhob sich und sprach mit erstickter Stimme.

„Das ist der Mann, von dem Sie das Gift gekauft haben, glaube ich?" antwortete der Richter und tat so, als würde er einen Blick auf seine Notizen werfen.

„Ja, aber als Liebes- Philtre – kein Gift", sagte Madame flüsternd. „Ich wünsche ihm, dass er hier ist."

„Du möchtest mit ihm konfrontiert werden?"

"Ja."

„Mit dem Mann Solomon Nôtredame ?"

"Ja."

„Dann werden Sie es bald sein", antwortete der Richter, lehnte sich zurück und warf seinen Kollegen einen seltsamen Blick zu. „Seien Sie zufrieden. Und jetzt, Madame", fuhr er ernst fort, als sein Blick wieder zu ihr zurückkehrte, „ist es meine Pflicht, Ihnen dabei zu helfen, alles zu sagen, was Sie über diese Angelegenheit wissen, und Ihre Pflicht, offen zu gestehen. Seien Sie gut genug." Sammeln Sie sich daher und beantworten Sie meine Fragen vollständig und wahrheitsgemäß, während Sie auf Gnade hier und im Jenseits hoffen. So ersparen Sie sich selbst Schmerzen und auch solche, die Sie untersuchen sollen; und können im schlimmsten Fall das am besten verdienen Nachsicht des Königs."

Während er diese Ermahnung aussprach, klammerte sich Madame an die Bar, hinter der sie stand, und schien einen Moment lang ohnmächtig zu werden, so dass der Präsident eine Weile wartete, bevor er fortfuhr. Sie sah tatsächlich gespenstisch aus. Ihr weißes Gesicht schimmerte durch den Nebel – der vom Fluss heraufstieg und die Kammer schnell füllte – wie ein Gesicht, das man für einen Moment auf einem Wrack durch Nebel, Gischt und Sturm sieht. Damen, die sie als ebenbürtig gekannt hatten und nun herzlos von den Galerien auf sie herabblickten, verspürten eine angenehme Erregung und flüsterten, dass sie der frühen Kälte nicht umsonst getrotzt hatten. Es gab keinen Mann im Gericht, der nicht damit gerechnet hätte, sie fallen zu sehen.

Aber es gibt bei Frauen eine Ausdauer, die die der Männer bei weitem übersteigt. Mit großer Anstrengung erlangte Madame wieder die Kontrolle über sich. Sie beantwortete die Eröffnungsfragen des Präsidenten schwach, aber deutlich; und als sie sogleich von ihrem Besuch in Nôtredame erzählte, hatte sie ein ausreichendes Gespür für ihre Lage, um klar auf die beiden für sie wichtigen Tatsachen einzugehen – dass der Gegenstand ihres Besuchs ein Liebestrank und kein Gift war, und dass die erste Anweisung, die ihr gegeben wurde, darin bestand, es selbst zu nehmen. Die letztgenannte Behauptung erweckte vor Gericht einen verblüffenden Eindruck. Es war völlig unerwartet; Und obwohl neunundneunzig von Hundert es für die kühne Erfindung einer verzweifelten Frau hielten, gaben alle zu, dass es dem Fall zusätzlichen Schwung verlieh.

Natürlich drängte der Präsident sie in diesen Punkten stark. Er versuchte, sie sowohl durch Schmeicheleien als auch durch das Vorbringen von Einwänden dazu zu bringen, sich davon zurückzuziehen. Aber sie würde es nicht tun. Er konnte sie auch nicht dazu verleiten, etwas zu erzählen, was im Widerspruch zu ihnen stand. Schließlich gab er es auf. „Sehr gut, wir werden das belassen", sagte er; und ihre Geschichte hatte auf so subtile Weise Sympathie für sie erweckt, dass der Seufzer der Erleichterung, der im Gericht geäußert wurde, deutlich hörbar war. „Wir gehen bitte weiter. Der Junge, der Sie auf der Straße überholte und, wie Sie sagen, alles veränderte? Wer war er, Madame?"

"Ich weiß es nicht."

„Du hattest ihn schon einmal gesehen?"

"NEIN."

„Hat er bei diesem Nôtredame nicht die Tür geöffnet , als Sie das Haus betraten?"

"NEIN."

„Und auch nicht, als du gegangen bist?"

"NEIN."

„Woher wussten Sie dann, Madame, dass er von dieser abscheulichen Person stammte, die Sie besucht hatten?"

„Er hat gesagt, dass er es getan hat."

„Und sagen Sie uns ", erwiderte der Richter, „dass Sie auf das bloße Wort dieses Jungen, den Sie nicht kannten und noch nie gesehen hatten, ohne die Zusicherung eines Zeichens oder Gegenzeichens, die Anweisungen des Mannes Nôtredame am meisten missachtet haben . " Sie haben einen lebenswichtigen Punkt erkannt und, anstatt dieses Medikament selbst zu nehmen, es Ihrem Mann gegeben?"

"Ich tue."

„Ohne zu ahnen, dass es etwas anderes war als das, wonach Sie gefragt hatten?"

"Ja."

„Madame", sagte der Richter langsam, „es ist unglaublich." Er sah seine Kollegen einen Moment lang an, als wollte er ihre Meinungen einholen. Sie nickten. Er drehte sich wieder zu ihr um. „Siehst du das nicht?" sagte er fast freundlich.

„Das tue ich nicht", antwortete Madame bestimmt. "Es stimmt."

„Beschreiben Sie bitte den Jungen."

„Er hatte – ich glaube, er hatte dunkle Kleidung", antwortete sie und geriet zum ersten Mal ins Stocken. „Er sah aus, als wäre er etwa zwölf Jahre alt."

„Ja", sagte der Präsident; "mach weiter."

„Er hatte – ich konnte nichts mehr sehen", murmelte Madame schwach. "Es war dunkel."

„Und erwarten Sie, dass wir das glauben?" Der Präsident antwortete mit Wärme, ob real oder angenommen. „Erwarten Sie von uns, dass wir eine solche Geschichte glauben? Oder dass es nur auf Veranlassung dieses Jungen geschah – dieses Jungen, von dem Sie nichts wussten, den Sie nicht beschreiben können, den Sie noch nie zuvor gesehen hatten –, dass es bei ihm geschah „Zum Beispiel nur, dass Sie Ihrem Mann dieses Medikament gegeben haben, anstatt es selbst einzunehmen?"

Sie schwankte leicht und klammerte sich an die Stange. Das Gericht schwamm vor ihr. Sie sah, wie er sie sehen wollte, die völlige Hoffnungslosigkeit ihrer Lage, die ganze Stärke der Anklage, die das Schicksal gegen sie vorgebracht hatte, ihre Ohnmacht, ihre Hilflosigkeit . Dennoch zwang sie sich, sich anzustrengen. „Es ist die Wahrheit", sagte sie mit gebrochener Stimme. "Ich liebte ihn."

"Ah!" antwortete der Präsident zynisch. Er unterdrückte mit einer Geste eine leichte Unruhe im hinteren Teil des Gerichtssaals. „Das natürlich. Es ist Teil der Geschichte. Oder warum ein Liebes- Philtre ? Aber sehen Sie nicht, Madame", fuhr er fort, zog die Brauen hoch und sprach in dem Ton, den er für gewöhnliche Kriminelle pflegte, „dass alles …" Frauen in Paris könnten ihre Ehemänner vergiften, und wenn sie herausgefunden würden, sagen sie: „Es war ein Liebestrank", wenn Sie entkommen wollen? Nein, nein; wir müssen eine bessere Geschichte als diese haben."

Sie sah ihn voller Angst und Scham an. „Ich habe keinen anderen“, schrie sie wild. „Das ist die Wahrheit. Wenn Sie mir nicht glauben, gibt es Nôtredame . Fragen Sie ihn.“

„Sie haben vor einiger Zeit beantragt, mit ihm konfrontiert zu werden“, antwortete der Präsident und blickte zur Seite zu seinen Kollegen, die nickten. „Ist das immer noch dein Wunsch?“

Sie murmelte „Ja“ mit trockenen Lippen.

„Dann soll er gerufen werden“, antwortete der Richter feierlich. „Solomon Nôtredame soll gerufen und mit dem Angeklagten konfrontiert werden.“

Der Auftrag wurde mit allgemeiner Aufregung, einer Bewegung der Neugier und Erwartung aufgenommen. Die Zuschauer auf den Galerien beugten sich vor, um das Beste zu sehen. die hinten standen auf. Madame blickte mit geöffneten Lippen und schnellem Atem – Madame, der arme Mittelpunkt von allem – mit der Seele in den Augen zur Tür, auf die sie andere starrten. Für sie hing alles von diesem Mann ab – dem Mann, den sie gleich sehen würde. Würde er lügen und sie beschuldigen? Oder würde er die Wahrheit sagen und ihre Geschichte bestätigen – mit einem Wort sagen, dass sie wegen eines Liebeszaubers gekommen war und nicht wegen Gift? Sicherlich das Letzte? Sicherlich wäre es in seinem Interesse?

Doch während sie mit ihrer Seele in den Augen blickte, fiel die teilweise geöffnete Tür wieder zu und enttäuschte sie. Im selben Moment entstand eine allgemeine Bewegung und ein Rascheln um sie herum, ein Aufstand in allen Teilen des Raumes. Verwirrt, fast ungeduldig wandte sie sich den Richtern zu und stellte fest, dass auch diese aufgestanden waren. Dann sah sie durch eine Tür hinter ihnen sechs Herren hereinströmen, deren düstere Bank mit einem bunten Funkeln erleuchtet wurde . Der erste war der König.

Louis war zu diesem Zeitpunkt etwa fünfunddreißig Jahre alt – ein dunkler, blasser Mann in schwarzer Kleidung und mit einem breitblättrigen Hut, auf dem ein kostbarer Diamant einen Federbusch aus weißen Federn befestigte. Er trug einen Spazierstock und grüßte die Richter, als er eintrat. Drei Herren – zwei etwa im Alter des Königs, der dritte ein stämmiger, kriegerischer Mann von sechzig Jahren – folgten ihm und nahmen hinter dem für ihn aufgestellten Baldachinstuhl Platz. Der fünfte, der eintrat – aber er ging hinter den Richtern vorbei und nahm einen Stuhl zu ihrer Linken ein –, trug ein rotes, mit Pelz besetztes Gewand und eine kleine rote Mütze. Er war ein Mann von mittlerer Größe und blasser Gesichtsfarbe, scharfen italienischen Gesichtszügen und leuchtenden, durchdringenden Augen und war bisher nichts Besonderes. Aber er hatte auch einen kohlschwarzen Schnurrbart und ein Kinnbüschel und milchweißes Haar; und dieser

Kontrast verschaffte ihm überall Anerkennung. Er war Armand Jean du Plessis, Herzog und Kardinal Richelieu, Soldat, Priester und Dramatiker und 16 Jahre lang Herrscher von Frankreich.

Madame blickte sie mit klopfendem Herzen an, mit wilden Hoffnungen, die gegen ihren Willen aufkeimen würden. Aber, oh Gott! wie kalt begegneten ihre Blicke ihren! Mit was für einem steinernen Blick! Mit welcher Neugier, Gleichgültigkeit, Verachtung! Leider waren sie dafür gekommen. Sie waren gekommen, um zu starren. Dies war ihre Weihnachtsshow – Teil ihrer Weihnachtsfeierlichkeiten. Und sie – sie war eine Frau, die vor Gericht stand, eine Giftmörderin, eine Mörderin, ein abscheuliches Ding, das verhört, gefoltert und in den schändlichen Tod gezerrt werden musste!

Der König unterhielt sich einen oder zwei Augenblicke lang mit den Richtern. Dann lehnte er sich in seinem Stuhl zurück. Der Präsident machte ein Zeichen, und ein Platzanweiser rief mit klangvoller Stimme: „Solomon Nôtredame ! Lassen Sie Solomon Nôtredame hervortreten!"

KAPITEL X.

ZWEI ZEUGEN.

Madame de Vidoche hörte den Namen und fasste sich erneut zusammen, drehte sich zur Tür um, während andere sich umdrehten, und wartete mit trockenen Lippen und fieberhaften Augen auf den Mann, der sie retten sollte – um sie trotz König und Hof zu retten. Würde er nie kommen? Die Tür stand offen, blieb offen. Sie konnte durch sie den Gang mit seinen kahlen Wänden und der düsteren Decke sehen und in der stillen Stille das Geräusch schlurfender Füße hören. Allmählich wurde der Lärm lauter; obwohl es immer noch wie ein eigenständiges Ding schien und so weit entfernt, dass im Hof, wo sie mit erwartungsvoller Erwartung warteten, das leiseste Geräusch, das leiseste Flüstern zu hören war. Als der Platzanweiser erneut rief: „Solomon Nôtredame , treten Sie vor!" mehr als einer warf ihm einen wütenden Blick zu. Er widersetzte sich ihrer Erwartung.

Ha! zu guter Letzt! Aber sie trugen ihn! Madame zitterte leicht, als sie zusah, wie die vier Männer, einen Stuhl zwischen sich tragend, langsam den Gang entlangkamen. An der Tür stolperten sie und blieben stehen, um ihr Zeit zum Nachdenken zu geben. Sie hatten ihn damals gefoltert, und er konnte nicht gehen; sie hätte es vielleicht erraten. Ihre zuvor weiße Wange wurde etwas gespenstischer und sie umklammerte die Stange mit festerem Griff.

Sie führten ihn langsam die drei Stufen hinunter und durch den schmalen Gang auf sie zu. Die Männer, die ihn trugen, versperrten ihr die Sicht, doch plötzlich erkannte sie, dass an seinem Kopf etwas Seltsames war. Als sie ihn drei Schritte von ihr entfernt absetzten, sah sie, was es war. Sein Gesicht war bedeckt. Über seinem Kopf hing ein loses Tuch, und er beugte sich auf seltsame Weise nach vorne.

Was sollte das heißen? Sie begann zu zittern, blickte ihn wild an und erwartete, dass sie nicht wusste, was. Und er rührte sich nicht.

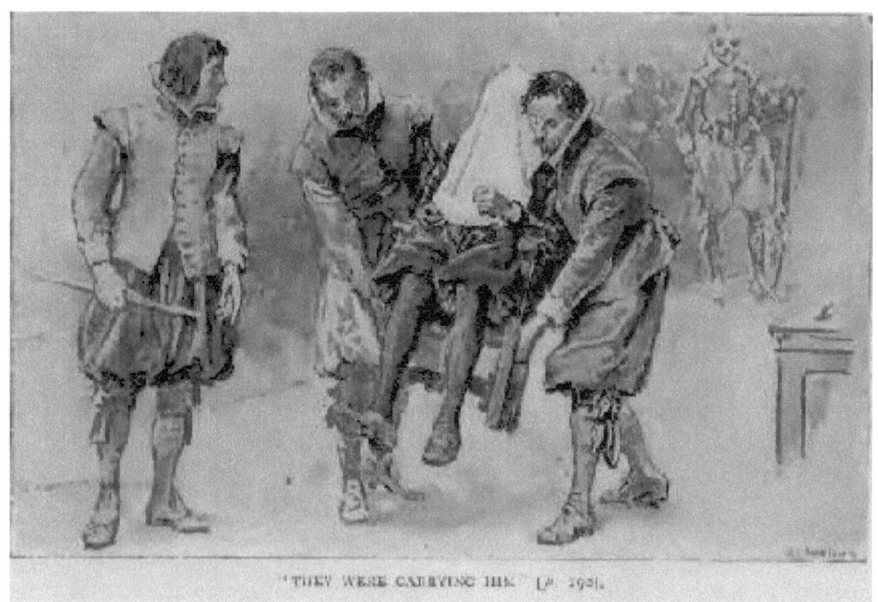

„Sie trugen ihn"

Plötzlich durchbrach die feierliche Stimme des Präsidenten die Stille. „Madame", sagte er – aber es schien ihr, als würde er aus weiter Ferne sprechen – „hier ist Ihr Zeuge. Sie haben darum gebeten, mit ihm und dem Gericht konfrontiert zu werden, in der Hoffnung, dass dies der gnädigere Weg sei." Um Sie zu einem Geständnis Ihres Verbrechens zu bewegen, stimmen Sie der Bitte zu. Aber ich warne Sie, dass er kein Zeuge für Sie, sondern gegen Sie ist. Er hat gestanden."

Einen Moment lang blickte sie den Sprecher stumm an; Dann wanderte ihr Blick wieder zu der verschleierten Gestalt auf dem Stuhl – es übte eine schreckliche Anziehungskraft auf sie aus.

„Unglückliche Frau", fuhr der Präsident mit feierlichem Akzent fort, „er hat gestanden. Wollen Sie jetzt, bevor Sie ihn ansehen, das Gleiche tun?"

Sie schüttelte den Kopf. Sie hätte geleugnet, protestiert und geweint, dass sie nicht schuldig sei; aber ihre Kehle war ausgetrocknet – sie hatte ihre Stimme verloren, die Hoffnung, alles. Es gab Trommelgeräusche im Hof; oder vielleicht war es in ihrem Kopf. Es wurde auch dunkel.

„Er hat gestanden", hörte sie den Präsidenten weiterreden – aber er sprach jetzt aus weiter Ferne, und seine Stimme klang dumpf an ihren Ohren – „indem er an sich selbst die Strafe vollstreckte, die sonst das Gesetz verhängt hätte." . Bist du immer noch hartnäckig? Dann lass das Gesicht frei. Nun, elende Frau, sieh deinen Komplizen an.

Vielleicht sprach er aus Barmherzigkeit und um sie vorzubereiten; denn sie schaute hin und fiel nicht sofort in Ohnmacht, obwohl der Anblick dieses toten gelben Gesichts mit seinen steinernen Augen und dem offenen Mund mehr als einem Schreien entlockte. Der Selbstvergifter hatte seine Arbeit gut gemacht. Die düsteren Gesichtszüge zeigten selbst im Tod ein zynisches Grinsen, die Lippen ein Lächeln des Triumphs. Aber das war an der Oberfläche. In den glasigen Augen, stumpf und glanzlos , lauerte – wie jeder sah, der genau hinschaute – ein Grauen; ein Ausdruck des plötzlichen Erwachens, als ob der böse Mann im Moment der Auflösung dem Gericht gegenübergestanden hätte; und im Triumph über seine irdischen Feinde war er an der Schwelle der dunklen Welt einer Gestalt begegnet, die ihm das Mark in den Knochen erstarren ließ.

Es ist eine bittere Ironie, dass er, der so lange mit den Dingen des Todes gespielt und die Angst der Menschen davor ausgenutzt hatte, selbst tot hierher gebracht werden sollte, um bloßgestellt und angestarrt zu werden! Seine Tricks und Chemikalien, sein dunkles Wissen und das Geheimnis, in das er sich gehüllt hatte, nützten ihm kaum noch. Orcus hatte ihn, mit grimmigem Kopf, schwarzem Herzen und allem.

Einen Moment, sagte ich, starrte Madame. Dann wurde ihr nach und nach die Wahrheit, die schreckliche Wahrheit, klar. Er war tot! Er hatte sich umgebracht! Der Schrecken darüber überkam sie schließlich. Mit einem zitternden Schrei fiel sie ohnmächtig zu Boden.

Als sie wieder zu sich kam – nach wie langer Zeit konnte sie nicht sagen – und die aufgetürmten Gesichter und scharfen Umrisse des Hofes sich aus dem Nebel zu formen begannen, war ihr erster Gedanke, als die Erinnerung zurückkehrte, an das Grausige Figur auf dem Stuhl. Mit Mühe – jemand wischte ihr die Stirn ab und hätte sie zurückgehalten – drehte sie den Kopf und schaute. Zu ihrer Erleichterung war es verschwunden. Sie seufzte, schloss die Augen und lag eine Zeit lang bewegungslos da, hörte das Summen der Stimmen, achtete aber nicht darauf. Doch nach und nach erfasste sie das Elend ihrer Lage wieder, und mit einem leisen Stöhnen blickte sie auf.

Einen Augenblick später begann sie zu zittern und leise zu weinen, denn ihr Blick traf den der Frau, die sich über sie beugte und darin etwas Neues, Seltsames, Wunderbares las – Freundlichkeit. Die Frau tätschelte sanft ihre Hand und flüsterte ihr zu, still zu sein und zuzuhören. Zwischendurch hörte sie sich selbst zu, und bald darauf folgte Madame ihrem Beispiel.

Obwohl ihre Sinne immer noch stumpf waren, bemerkte sie, dass der König sich mit einem seltsam scharfen Gesichtsausdruck nach vorne beugte, dass die Richter erschrocken wirkten und dass sogar die blassen Gesichtszüge des Kardinals leicht gerötet waren. Und keiner von allen hatte ein Auge für sie. Sie sahen einen Jungen an, der am Ende des Tisches neben einem Priester stand. Das kalte Licht eines Fensters fiel direkt auf sein Gesicht, und er sprach. „Ich habe zugehört", hörte sie ihn sagen. "Ja."

„Und wie lange verging, bis Madame de Vidoche kam?" fragte die Präsidentin und setzte offenbar eine Prüfung fort, deren ersten Teil sie verpasst hatte.

„Eine halbe Stunde, glaube ich", antwortete der Junge in einem klaren, kühnen Ton.

„Sind Sie sicher, dass es Gift war, das er brauchte?"

"Ich bin mir sicher."

„Und Madame?"

„Ein Liebes- Philtre ."

„Sie haben beide Interviews gehört?"

"Beide."

„Sind Sie sich der Vereinbarung zwischen Vidoche und diesem Mann sicher, von der Sie uns erzählt haben? Dass das Gift Madame in Form eines Liebes- Pilzes gegeben werden sollte ? Damit sie es selbst nehmen könnte?"

"Ich bin mir sicher."

Vidoche hinterherliefen und ihr sagten, dass der Entwurf stattdessen ihrem Mann gegeben werden sollte?"

"Ja."

„Erkennen Sie also an", fuhr der Präsident langsam fort, „dass Sie es waren, der tatsächlich Herrn de Vidoche getötet hat ?"

Zum ersten Mal geriet der Junge ins Wanken und stolperte und schaute hin und her, als suchte er nach einer Fluchtmöglichkeit. Aber es gab keine, und Pater Bernard schien ihm Mut zu machen, indem er ihm die Hand auf den Arm legte. „Das tue ich", antwortete er leise.

"Warum?" forderte der Präsident mit einem kurzen Blick auf seine Kollegen. Er sprach mit einem unbändigen, interessierten Murmeln. Die Geschichte war einmal erzählt worden, aber es war eine Geschichte, die es wert war, erzählt zu werden.

„Weil – ich hörte, wie er den Tod seiner Frau plante – und ich hielt es für richtig", stammelte der Junge, und in seinen Augen wuchs die Angst. „Ich wollte sie retten. Ich wusste es nicht. Ich habe nicht nachgedacht."

Der Präsident blickte zum König, doch plötzlich kam von unerwarteter Seite eine Unterbrechung. Madame erhob sich zitternd und stand vor ihr, die Bar umklammernd. Ihr Gesicht wechselte von Weiß zu Rot und von Rot zu Weiß. Ihre Augen glitzerten durch ihre Tränen. Die Frau neben ihr hätte sie zurückgehalten, aber sie ließ sich nicht zurückhalten. "Was ist das?" sie keuchte. „Sagt er, dass mein Mann dort war?"

„Ja, Madame, das tut er", antwortete der Präsident nachsichtig.

„Und dass er gekommen ist, um Gift zu holen – für mich?"

„Er sagt es, Madame."

Sie sah ihn einen Moment lang wild an, sank dann auf ihren Stuhl zurück und begann zu schluchzen. Sie hatte so viele Emotionen durchgemacht; Liebe und Tod, Scham und Angst hatten in den letzten Tagen so mit ihr gespielt, dass sie jetzt nichts mehr in vollen Zügen schmecken konnte, weder süß noch bitter. Da das Aufbrechen von Leben und Hoffnung sie eher benommen als dankbar zurückgelassen hatte, schmerzte dieser Stich, der sie noch vor Kurzem bis ins Innerste getroffen hätte, nur zu einem Stich. Danach könnten die Dankbarkeit und der Schmerz – und die Heilung – kommen. Aber hier, in der Gegenwart all dieser Menschen, wo ihr so viel passiert war, konnte sie nur schwach schluchzen.

Der Präsident wandte sich erneut an den König. Louis nickte und sprach mit schmerzlicher Anstrengung – denn er stammelte fürchterlich. „Wer ist dieser Junge?" er sagte. "Frag ihn."

Der Richter verneigte sich und kehrte zum Zeugen zurück. „Du nennst dich Jean de Bault ?" sagte er etwas grob. Der Name und insbesondere der Partikel gefielen ihm nicht.

Der Junge stimmte zu.

"Wer bist du dann?"

Jehan öffnete den Mund, um zu antworten, aber Pater Bernard ging dazwischen. „Sagen Sie Seiner Majestät " , sagte er, „was Sie mir gesagt haben."

Nach einem Moment des Zögerns gehorchte der Junge, sprach schnell, das Gesicht auf der Brust und eine gerötete Wange. Dennoch erreichte in der Stille jedes Wort das Ohr. „Ich bin Jehan de Bault ", plapperte er mit seiner hohen Stimme, „Seigneur von ich weiß nicht wo und Herr von

siebzehn Herrschaften in der Grafschaft Perigord –" und so weiter und so
fort, mit der kuriosen Formel dem wir mehr als einmal zugehört haben.

Neunundneunzig von Hundert, die ihn hörten, hörten ihn mit
ungläubiger Überraschung an und hielten die Geschichte für das Geschwätz
eines Gauners; Obwohl es sich um Geplapper handelte, erkannten sie an,
dass es sich um eine neuartige Art handelte, treffend gemacht und gut
gesprochen. Zwei oder drei der Mutigeren lachten. Zu lachen gab es bisher
wenig. Der König bewegte sich unruhig auf seinem Stuhl und sagte: „Pisch!
Was ist das für ein Blödsinn? Was sagt er da?"

Der Präsident runzelte die Stirn und folgte einem Hinweis des Königs
und wollte den Jungen gerade scharf zurechtweisen, als einer eingriff, der
zuvor noch nichts gesagt hatte, dessen Stimme aber in einem Augenblick
Schweigen in allen Höhen und Tiefen hervorrief. „Die Geschichte klingt
wahr!" sagte der Kardinal mit leisem, höflichem Akzent. „Aber es gibt doch
keine Familie von Bault im Perigord, oder?"

„Mit der Erlaubnis Seiner Majestät, nein!" antwortete eine schroffe,
herzliche Stimme; und damit trat der ältere Soldat, der mit dem König
hereingekommen war, einen Schritt neben den Stuhl seines Herrn. „Ich
komme aus dem Perigord und weiß es, Eminenz", fuhr er fort. „Mehr. Vor
zwei Monaten sah ich diesen Jungen – ich erkenne ihn jetzt – auf dem
Jahrmarkt von Fécamp . Er war damals anders gekleidet, aber er erzählte die
gleiche Geschichte, nur dass er Perigord nicht erwähnte."

„S-jemand hat es ihm beigebracht", sagte der König.

„Eure Majestät hat zweifellos Recht", antwortete der Präsident
unterwürfig. Dann fuhr er zu dem Jungen fort: „Sprich, Junge. Wer hat es
dir beigebracht?"

Aber Jehan schüttelte nur den Kopf und sah verwirrt aus. Als er
schließlich bedrängt wurde, sagte er: „In Bault , im Perigord."

„So einen Ort gibt es nicht!" Herr de Bresly weinte laut.

Pater Bernard sah verzweifelt aus. Er begann zu bereuen, dass er das
Kind dazu gebracht hatte, die Geschichte zu erzählen; Er begann zu
befürchten, dass es weh tun könnte, anstatt zu helfen. Vielleicht war er doch
zu leichtgläubig gewesen. Aber wieder kam der Kardinal zur Rettung.

„Gibt es eine Familie im Perigord, die sich dreier Marschälle rühmen
kann, Herr de Bresly ?" fragte er in seinem dünnen, prägnanten Ton.

„Keiner, den ich kenne. Mehrere, die sich mit zwei rühmen können."

„Das Blut von Roland?"

Herr de Bresly zuckte mit den Schultern. „Das ist uns allen gemeinsam“, sagte er lächelnd.

Auch der große Kardinal lächelte – ein flackerndes, schnell vergängliches Lächeln. Dann beugte er sich vor und fixierte den Jungen mit seinen wilden schwarzen Augen. „Wie hieß dein Vater?“ er sagte.

Jehan schüttelte ohnmächtig und kläglich den Kopf.

„Wo hast du gewohnt?“

Das gleiche Ergebnis. Der König warf sich zurück und murmelte: „Es ist nicht gut.“ Der Präsident bewegte sich auf seinem Platz. Einige in den Galerien begannen zu flüstern.

Aber der Kardinal hob gebieterisch die Hand. "Kannst Du lesen?" er sagte.

„Nein“, murmelte Jehan .

„Dann deine Arme?“ Der Kardinal sprach jetzt schnell und sein Gesicht wurde hart. „Sie waren über dem Tor, über der Tür, über dem Kamin. Denken Sie nach – schauen Sie zurück – denken Sie nach. Was waren sie?“

Für einen Augenblick. Jehan starrte ihn verwirrt an und zuckte unter dem Blick dieser durchdringenden Augen zusammen. Dann wurde das Gesicht des Jungen plötzlich rot. Er hob eifrig die Hand. „ *Oder auf einem Mount Vert!* “ schrie er ungestüm – und hielt inne. Doch plötzlich fügte er mit anderer Stimme langsam hinzu: „Es war ein Baum – auf einem Hügel.“

triumphierenden Blick wandte sich der Kardinal an Herrn de Bresly . „Nun“, sagte er, „das gehört …“

Der Soldat nickte fast schmollend. „Es gehört Madame de Vidoche “, sagte er.

„Und ihr Name war----“

„ Martinbault . Mademoiselle de Martinbault !“

Ein erstauntes Murmeln erklang aus allen Teilen des Gerichts. Für einen Moment waren der König, der Kardinal, der Präsident, Herr de Bresly , alle unhörbar. Die Luft schien voller Ausrufe, Fragen und Antworten; es ertönte mit den Worten: „ Bault – Martinbault !“ Überall standen Menschen auf, um den Jungen zu sehen, oder reckten sich vor und rutschten klappernd aus. Etikette, Ehrfurcht und sogar die Anwesenheit des Königs gingen in der Aufregung umsonst. Es dauerte lange, bis die Platzanweiser Schweigen oder eine Anhörung erreichen konnten.

Dann wurde festgestellt, dass Herr de Bresly sprach, der genauso aufgeregt aussah wie alle anderen und ebenso rot im Gesicht. „ Pardieu , Sire, es kann so sein!" man hörte ihn sagen. „Es ist durchaus wahr, soweit ich mich jetzt erinnere. Vor etwa acht Jahren ging in dieser Familie ein Kind verloren. Aber es war zur Zeit der Rochelle-Expedition; die Provinz war voller Unruhen, und M. und Madame de Martinbault waren gerecht . " tot; und es wurde wenig daraus gemacht. Trotzdem könnte dies der Junge sein. Nein, es ist tausend zu eins, dass er es ist!"

„Was ist er dann mit M – Madame de V – Vidoche ?" fragte der König mit Mühe. Er war riesig aufgeregt – für ihn.

„Ein Bruder, Sire", antwortete M. de Bresly .

Dieses Wort durchdrang schließlich die Stumpfheit , die Madames Fähigkeiten umhüllte, und hatte sie unempfindlich für alles gemacht, was zuvor geschehen war. Sie erhob sich langsam, lauschte, blickte den Jungen an – mit wachsender Verwunderung, als ob er aus einem Traum erwachte. Möglicherweise fielen in diesem Moment die späteren Jahre von ihr, und sie sah sich selbst wieder als Kind – ein großes, schlaksiges Mädchen, das im Garten des alten Schlosses mit einem kleinen Kleinkind spielte, der rannte und lispelte und kräftig mit seinem dicken, nackten Körper auf sie einschlug in die Arme oder kuschelte sie zum Küssen. Denn mit einer plötzlichen Geste streckte sie ihre Hände aus und rief mit klarer Stimme: „Jean! Jean! Es ist der kleine Jean!"

*   *   *   *   *

Es wurde Mode – eine Mode, die mindestens ein halbes Dutzend Jahre anhielt –, dieses Weihnachten das Martinbault- Weihnachten zu nennen; So lautstark erklärten diejenigen, die bei dieser berühmten Prüfung anwesend waren, und die Entdeckung, die sie begleitete, dass sie alle anderen Vergnügungen des Jahres übertraf, nicht einmal den großen Ball im Palais Cardinal ausgenommen, von dem jede Dame eine Etrenne *mitnahm* das ist das Pin-Geld eines Jahres wert. Die Geschichte wurde zur Wut. Die Anwesenden trieben ihre Freunde, die nicht so viel Glück gehabt hatten, an den Rand des Wahnsinns. Vom Hof verbreitete sich die Geschichte auf die Märkte. Männer machten daraus ein Flugblatt und verkauften es auf der Straße – in der Rue Touchet und unter dem Galgen in Montfaucon , wo der Leichnam von Solomon Nôtredame im Frühlingsregen verdorrte. Wären Madame de Vidoche und das Kind in Paris geblieben, hätte es ihre Ohren zehnmal am Tag beleidigt haben müssen.

„Ein halbnackter Mann ... kroch auf die Landstraße"

Aber das taten sie nicht. Sobald Madame umziehen konnte, zog sie sich mit dem Jungen in das alte Haus vier Meilen von Perigueux entfernt zurück , und dort, in dem ruhigen Land, wo der Name Martinbault mit dem Namen des Königs zusammenhing, versuchte sie, ihr Eheleben zu vergessen. Sie nahm ihren Mädchentitel an, und in der Erziehung des Jungen, in Werken der Barmherzigkeit, in hundert edlen und angemessenen Pflichten, ganz nach ihrem Geschmack, gelang es ihr, Frieden und bald Glück zu finden. Aber eines konnten weder die Zeit noch die Veränderung, noch nicht einmal die Liebe, aus ihrem Gedächtnis löschen; und das war eine tiefsitzende Angst vor der großen Stadt, in der sie so viel gelitten hatte. Sie kehrte nie nach Paris zurück.

Ungefähr ein Jahr nach dem Prozess wanderte ein Mann mit schlauen Fuchsaugen mit einem Affen auf der Schulter durch Perigueux . Er sah nicht weit von der Straße entfernt – wie sein böser Stern es wollte – ein altes Schloss, das tief zwischen Bäumen stand. Der Ort versprach Gutes, und er ging dorthin und begann vor den Dienern im Hof aufzutreten. Plötzlich kam der Hausherr, ein kleiner Junge, heraus, um ihn zu sehen.

Mehr muss nicht gesagt werden, außer dass eine Stunde später ein Mann, halbnackt, mit Wasserlinsen bedeckt und in allen Knochen schmerzend, auf die Landstraße kroch und traurig seinen Weg fortsetzte – mit dem Mund voller Flüche; und dass jahrelang danach ein Affe, der auf den Namen Taras

antwortete, die Hunde neckte, Efeu pflückte und nach Belieben auf der
großen Südterrasse von Martinbault herumtollte .

DAS ENDE

9 789359 254890